JN187884

Mysterious Christmas

ミステリアス・クリスマス

7つの怖い夜ばなし

ジリアン・クロス
ジョーン・エイキン
スーザン・プライス 他著
安藤紀子 他訳

ロクリン社

もくじ

スナップドラゴン

ジリアン・クロス　作
安藤紀子　訳

トッドとベンがぶらぶら歩きながら角をまがると、目の前がぱっと明るくなった。無数の小さな光が輝いていた。ベンにはその光が、トッドが母親へのプレゼントに買ったばかりのシダの鉢植えの大きな葉と葉の間から見えた。どれもぴかぴかまたたいて星のようだった。赤と黄色と緑の星だ。広い出窓に置かれたクリスマス・ツリーに、明るい豆電球が上から下まで一面に散りばめられていたのだ。

三人の子どもがツリーのまわりに集まって、豆電球を見つめたり、枝のかげに隠されている贈り物の小さな包みを指さしたりしていた。母親は、子どもたちの頭越しにツリーに仕上げのモールをかけようとしていたし、父親はツリーのてっぺんにつける星を持って脚立の上に立っていた。

クリスマス・イブの絵として、これほど完璧なものはなかった。

「フーン！」トッドがばかにしたような声をあげた。「うつくしいねえ！　おまえ、ちょっとこれ、持ってろ」

トッドは抱えていた鉢植えをベンに乱暴に押しつけた。そのひょうしに葉の一枚がたわんで折れかけたが、それには気づきさえしなかった。クリスマスそのものの明るい出窓に目をくぎづけにし、小鼻を腹立たしげにふくらませていた。

ベンには、この表情は見慣れたものだった。トッドがこういう顔をするときまってやっかいなことが起こる。だが鉢植えを持たされてしまったので、逃げるに逃げられなかった。

「ぼくはちょっと……」ベンはいいかけた。

トッドはベンのことばを無視した。

「おまえは、そこの生け垣のかげに隠れてろ。声、出すなよ」

ベンは生け垣の外にかがんで枝の間から見ていた。トッドがそろそろと玄関に近づき、ベルに手を伸ばした。

「ビ――ッ！」

ブザーが家のなかで鳴った。トッドは庭からぱっと飛びだして、ベンの横にすばやくかがみこんだ。そして息をはずませ、目をぎらぎらさせながら、出窓の絵がばらばらになるのをじっと見ていた。子どもたちがツリーから離れ、母親の姿が消えた。

次の瞬間、母親がドアを勢いよく開けた。微笑みを浮かべていたが、だれもいないのがわかると、顔つきが変わった。道の左右に目を走らせたあと、あごをぐいと上げ、ドアをバタンと閉めた。母親は居間にもどると、カーテンをさっと引いた。

「ばーか！」トッドが満足そうにいった。「さあ、行くぞ」

トッドは車道をゆっくり歩きだした。ベンは鉢植えを持って後ろからついていった。折れかけていた葉がちぎれて足もとに落ちたのでうつむいて、それを歩道に蹴りあげた。顔を上げると、トッドがまた足をとめていた。

トッドは一軒の家の二階の窓に目をこらしていた。ベッド際のスタンドがにぶい光を放ち、小さな男の子が子ども用のベッドで体を起こして、父親がベッドの端に靴下を吊すのをながめていた。ぬいぐるみの熊の耳をしゃぶり、目をぱっちり開けていた。

「ちぇっ、ここでもサンタを迎える準備か！」トッドは、ベンが追いついて肩を並べると、溝にぺっと唾を吐いた。「サンタのじじいが来るまえに、一発からかってやろうぜ」

ベンが隠れ場所を決めるまえに、トッドはもうその家の玄関先に立ち、ドアのベルを荒っぽく押すと、振りかえってにやっとした。ベンはあわてて隣の家の塀のかげにうずくまった。ドアが開きはじめると、トッドはすぐに横へ二歩動き、大きなヒイラギの木のかげに入った。

男の子の父親はドアを開けると、顔をしかめた。

「ばかもん！」父親は暗い庭に向かってどなった。「もっとましなことができないのか！」

ベンが首を伸ばすと、さっきの男の子がぬいぐるみの熊を引きずって階段のおり口にいるのが見えた。

「パパ！」男の子がめそめそしながらいった。「ぼくの靴下吊してくれるって、いったじゃない……」

ドアが大きな音を立てて閉まった。トッドがしてやったりという顔をして木のかげからゆうゆうと出てきた。

「さて、こんどはどこへ行こうか？」

ベンは植木鉢を持つ手を変えたが、そのときうっかり鉢を塀にぶつけてしまった。

「ねえトッド、ぼくはぶらぶらしちゃいられないんだ。ほんとにもう帰らなくちゃ。なんてったって、今日はクリスマス・イブだもん」

にたにた笑っていたトッドの顔がこわばった。「ママのところへ帰らなくちゃ、か？　おまえの大好きなパパが心配してる、ってんだろ？　じゃあ、行けよ。さっさと消えちまえ」トッドは、ベンの手から鉢植えを乱暴にもぎとった。

「そんな言い方しなくても……」ベンは当惑した。「そうだ、きみも来いよ。うちの母さんなら、平気だよ」

トッドはなにもいわなかった。ただ突っ立って目を据え、ベンが折れるのを待っていた。ベンは両手をポケットに入れて、迷っていた。

「なあ、きみんとこの母さん、何時に帰ってくるんだ？」

「そんなこと、知るかよ。夜の十二時か。一時か。あの人には家にへばりついてる気はないんだろ、おれなんかといっしょに。たとえクリスマス・イブでも」

トッドは道をゆっくりゆっくり歩きだしたが、振りむいてベンを見ようとはしなかった。ベンは一、二歩後ろからついていった。

「……わかったよ」ベンは腹立たしげにいった。「もうちょっとつき合う。それでトッドの気がすむんなら。で、なにをするつもりなんだ？」

「決めてない」トッドは道路沿いにあちこちながめた。「えーと……」ふいに、にたっと笑った。

「なあ、あの灰色の家をノックしてみようぜ」

トッドは前方の四つ角の一角にある大きな家を指さした。正面は暗いうえに庭にしげってている木におおわれて見えなかった。だが、側壁がずーっとのびているのは低い塀越しに歩道からでも見えた。

「シーンとしてる。あそこには、だれも住んでないよ。いるのは、ただ……」ベンは家からすっと目をそらした。

「ただ幽霊だけか？」トッドがばかにしたようにベンを見た。「いいかげんにしろよ。おれたちもう、ちっこいガキじゃないんだぜ。それに、おまえ、あれをなんだと思うんだ？」

トッドは側壁の端のほうにある小さな窓を指さした。カーテンとカーテンの間が少し開いていて、かすかにではあったが青い光がちらちらしていた。

「そんなこと、わかんないよ」

「ユーレイだぁー！」トッドは目をかっと見開いた。

「よっ、よせよ！」ベンはぴしっというつもりだったが、声が喉に引っかかった。トッドが勝ったとばかりに歓声をあげた。

「テレビ、見てるだけじゃないか、このばかが！　さあ、行こうぜ」

トッドはベンの手をつかんで歩道を歩きだし、門の前までベンを引っぱっていった。門から家につづく小道は長くて暗く、うっそうとしげる木で閉ざされているように見えた。はるか先の突き当たりにある玄関の扉も、ベンにははっきりわからなかった。

「怖いのか？」トッドがベンをからかった。

「もちろん！　あったりまえだろ！」

ベンはいやみな口調でいおうとしたが、思いどおりの声が出なかった。トッドはにやにやしながら門の掛け金をはずした。

「お先にどうぞ、幽霊退治屋くん」

ベンは、庭に足を踏みいれた。あたりはやぶになっていて、歩く場所などほとんどなさそうだった。小枝が服に引っかかり、太い枝が耳ざわりな音を立てた。石畳の小道は苔でおおわれているらしく、足をのせるとつるつるすべった。

それでもベンは、あともどりして庭を出ることはできなかった。トッドがすぐ後ろにいた。鉢植えのずたずたの葉がベンの首をかすっている。ベンは転ばないように慎重に足を踏みしめながらおそるおそる歩きだした。庭木にどれほど囲まれているかは気にしないようにし、小道の左右にあるものには目を向けずにひたすら黒くてがっしりした玄関の扉をめざした。

ふたりは、思っていたよりずっとはやくそこに着いた。ベンは扉の前の石段でぴたっと足をとめた。トッドが後ろから身をのりだして、ベンの耳にささやいた。

「さあ、やれ。それを鳴らせ」

「えっ、ぼくが?」ベンは息をのんだ。

「こんどはおまえの番だぜ、ベンちゃん。おればっかり楽しんじゃ、悪いだろ」

トッドの顔は暗くて見えなかったが、ばかにしてにやにやしているのは声でわかった。ベンはのろのろと扉のはげかけている塗料に指をはわせた。塗料の破片がひとひらはがれ、つめの間に入った。ベンは手を伸ばして呼び鈴の引きひもをぐいと引っぱった。

扉の内側で、真鍮の鐘が大きな音を立てて静けさを破った。ベンはすぐに手を放したが、音はとまらなかった。鐘はやたらに揺れて鳴りつづけた。いつまでも、いつまでも、いつまでも。

ベンはトッドを押しのけると、扉にくるっと背を向けて門へと走った。息は喉でつまり、歩道に出たときには汗も噴きだしていた。トッドがついてきていないことには気づかなかった。

やがて暗がりのなかから、毒づいているトッドの弱々しい声が聞こえてきた。

「かってにしろ！　自分だけ助かりゃいいんだろ。おれはどうしてくれるんだ？　腐ってウジがわくまでここにほったらかしか……？」

ベンは木々の間の小道をもう一度のぞいて、いった。

「トッド、いまはばかをいってる場合じゃない！　はやくそこから出てこい！」

「はい、ベン先生！　すぐに立って……」

ことばがとぎれた。トッドが息をのんだのが、歩道にいるベンにもはっきりとわかった。ベンは門を押して開け、庭の小道にもう一度足を踏みいれた。

「もしからかってんなら……」

「おれをそんな暇人だと思うのか？」トッドが苦々しげにいった。「玄関マットにつまずいて転んだんだ。折れたと思う、おれの……」

トッドがまた息をのんだ。ベンは、玄関の扉だけを見つめながらそろそろと進んでいった。

トッドが扉の枠に頭をもたせかけて、石段にだらっと座りこんでいた。ベンはトッドの両肩をつかみ、引っぱって立ち上がらせようとした。が、トッドは植木鉢をはらってベンの手を押しのけた。

「よせ！」

「けど、立たなくちゃ。どうやって歩くつもりなんだ？」

「おれは歩けないんだ！」トッドが噛みつくようにいった。「歩かせてなんかみろ。おまえの足の上にどばっとゲロ吐いちゃうぞ。おまえもくるぶしをぶつけてめちゃめちゃにしてみりゃ、わかる」

ベンはどうしようもなくて、うつむいた。

「じゃあ……はっていくのは？」

「そりゃあ、いい！　うちまでずっとか？」

ベンには、トッドのばかにしきった不機嫌な顔が見えるような気がした。

「じゃあ、どうするつもりだ？」

トッドは体をくねらせて向きを変え、ベンのアノラックをぎゅっとつかんだ。

「おれはここに寝転んでるだけでなんにもしない。だけど、おまえがもう一度あの呼び鈴を鳴らす。そして、おまえの大好きなパパに電話をかけさせてもらえないか頼む。だれかに車で迎えにきてもらわなくちゃ、おれはうちに帰れないんだ」

「そんなこといっても、さっき鳴らしたとき、だれも出てこなかっただろ」ベンは呼び鈴の引きひもを不安げに見た。「たぶん、こんども……」

トッドは、つかんでいるベンのアノラックの裾をひねってロープのようにした。

「出てこさせるんだ。あの部屋には絶対にだれかいる。テレビの光が見えたんだから」

「けど……」

「やれ！」

ベンは、扉の中央の大きな真鍮のノッカーを力いっぱい叩きつけるつもりでつかんだ。そのとたんに、扉はひとりでに家の内側にすぅーと開いた。ベンは突っ立ったまま、暗くて狭い廊下をながめていた。

「こ、こんばんは。どなたか、いらっしゃいませんか？」

答えはなかった。だが、廊下の突き当たりでなにかがちらっと動いたように見えた。左側のいちばん奥のドアが少し開いていて、冷たい感じの青い光がそこで揺らめいたのだ。ベンは声を張りあげてもう一度呼びかけた。

「こんばんは」

ドアの開いている部屋のなかから、しゃがれた声がかすかに聞こえてきた。

「ここだよ」

ベンは横にいるトッドを見て、どうするのか指示を待った。だが、あたりは依然として暗く、トッドの顔は見えなかった。それにどっちみち、トッドのいうことは想像できた。

ベンは石段を二段上がって家のなかに入った。湿っぽい冷気が体にべたっとまといついた。頬にも張りつき、鼻にもいっぱいに入ってきた。こんなに重い空気を吸ったのははじめてのような気がした。ベンは足をとめた。

「どうしたんだ?」トッドは自力でなんとか立ち上がると、片手で扉の枠にしがみつき、もう一方の手で鉢植えを振っていた。足を引きずって石段をのぼったが、たちまち横によろけてベンの首にさっと腕をまわした。「そのまま進め! おれも行く……おまえが怖いんなら……」

ベンはひとりで行くといいはって、トッドを押しやりたかった。だが、そのことばは冷気におさえられて声にならなかったので、そのままトッドを支えていくことにした。ふたりはなにもいわずにゆっくりと廊下を歩きはじめた。

床には平らな石が敷きつめられていたから、トッドがけんけんで進むと大きな音を立てた。だが、その音がなにか確かめに出てくる人はいなかった。ふたりはトッドが息をつけるようにときどき休みながら、一歩一歩、奥のわずかに開いているドアに近づいた。

ドアに着くと、トッドはベンから離れて壁に寄りかかり、空いた手を振って、いった。

「どうぞお先に」

「こんばんは」ベンは三度目の声をあげた。大きな音を立ててせきばらいをし、真向かいの壁の前で揺らめく光に目をこらした。トッドはさっきこの光をテレビだといったが、そんなはずはない。テレビにしては青すぎる。

部屋のなかで、かすかな音がした。絨毯の上を歩いているような音だった。「お入り」と、老人のしゃがれた声がした。

ドアは、ベンが押すと、すっと開いた。一瞬、あちこちに置かれている椅子が黒く浮かびあがった。つづいて、ドアがさらに大きく開いた。ベンにはもう、部屋の真ん中にある長いテーブルのほかにはなにも見えなかった。

テーブルと火のほかにはなにも。

テーブルの中央に大皿があり、皿のなかは青い炎でいっぱいだった。夜光塗料を一面にうっすら流したようだった。炎がたえず動き、生き物のようにのたくったり、左右に揺れたりした。それとともに部屋に置かれている物の影も動いて、揺れたり、奇妙によじれたりした。

ベンたちに背を向けて皿に身をのりだしている人も動いていた。老婆だった。前かがみになっているので、ぼうぼうに伸びた髪の毛が顔のまわりに垂れさがって揺れている。そのこわばった小さな体はぴょこぴょこ動いて、小鳥のようだ。身をのりだしたり、腰を伸ばしたり、また身をのりだしたりと。片手をさっと出しては、小鳥が餌をついばむように皿から火をつかみとっていた。

「すみませんが……」ベンがためらいながらいった。

老婆は皿のほうへ伸ばしかけた手をとめたが、振りむかなかった。首をわずかにかしげただけで、次のことばを待っていた。

「おたくの電話を貸してもらいたいんです」トッドがいった。「ぼくの足が……」

「電話はないよ！」

老婆はふいにぎょっとするような声で笑うと、ふたたび手を伸ばして火をつかみとり、くるりと向きを変えて、ふたりのほうへ両手を突きだした。

炎が指先で踊った。

十本の指の先で青く燃える小さな炎はなめるように第一関節のほうへくねくねと進み、またもどっていった。老婆の笑顔が炎の明かりでゆがむと、鼻はとがっててっぺんが光り、目はぐんとくぼんでくまができたようになった。

トッドがベンの肩をぎゅっとつかんだ。「いったいなにを……」

老婆はふたりに向かって両手を振り、もう一度声をあげて笑った。青い光が、とびとびに残っているうすぎたない歯の上で揺れた。

「そんなとこに突っ立ってないで、ここへ来て遊んだらどうなんだい？」老婆がかすれた声でいった。「それとも、怖いのかい？」

「怖いものなんか、なんにも見えないじゃないか」

トッドが食ってかかった。が、その声があまりにも大きかったので、老婆がまた笑った。枯れ葉が風に舞うような声だった。

「それならこっちに来て、スナップドラゴンをしてお遊び！」

老婆はしわしわの手でゆっくりとふたりを手招きしたが、急にその手の向きを変え、皿の真ん中に突っこんだ。ベンには、老婆がなにかをつまみあげて口に放りこむのが見えた。

「ここを出よう」ベンがそっといった。

「おまえ、マジか？」トッドは青い炎を見つめていた。舌をひょいと出すと、上唇をぺろっとなめた。「おれは、これをやる」

トッドはベンの肩をつかむと、けんけんで後ろから追い立てた。ふたりはいっしょに、よろよろしながらテーブルへ向かった。トッドがうすい絨毯を踏むたびにドタンドタンと音がした。テーブルのそばまで来るとすぐに、トッドは椅子をつかんで腰をおろし、葉がわずかに残っているだけの鉢植えをテーブルの上に乱暴に投げだした。

「さあ！」トッドは舌をまたひょいと出して、口もとをなめた。トッドの浅くて速い息づかいがベンの耳に入った。

「トッド！」ベンは声をひそめていった。「よせ……」

だが、トッドはもう手を伸ばし、皿のなかをのぞきこみながらためらいがちにひらひら動かしていた。

老婆は首をかしげ、口をゆがめてばかにしたように笑った。すると、トッドはさっと皿に手を入れた。

トッドが手を出すと、指先には青い炎がついていた。ベンは思わず息をのんだ。

「トッド……」

「びくびくすんな！」トッドがぴしゃっといった。「痛くもなんともない」トッドは口になにか押しこむと、老婆を見てにやっとした。「アーモンドだ！」

老婆はか細い、枯れ葉がふれあうような笑い声をあげた。

「甘いかい？　それとも苦い？」

「おいしいです」トッドはベンを肘でそっと突いた。「さあ、おまえもやってみろよ」トッドはまた皿に手を入れると、欲張ってぐるっと探り、そのあとさっと手を出して、「ちぇっ」といった。

老婆が暗がりのなかでくすくす笑った。「急いで！」老婆はぱっと手を皿に入れ、すぐに出した。少しだけ残っている歯でアーモンドを砕く音がした。

炎が縮まりながら皿の真ん中にまとまりはじめ、消えだした。炎がますます小さくなってきたので、ベンは勇気を奮いおこし、手を伸ばして皿に突っこもうとした。

「こうやるんだ！」トッドがまた皿に手を入れて出してきた。そして、炎に包まれた干しぶどうをベンの鼻先で振りながら笑った。

「こうだよ！」老婆はアーモンドをひとつかみすると、手を傾けて炎を流すようにそれをもう一方の手へ移した。

「はやく！　間に合わないぞ！」トッドがベンの手を残っている青い炎のほうへ押しだした。

だがベンは、思わず手を引っこめ、あとずさりして皿から遠ざかった。

こうしてベンは、このゲームをする機会を逃してしまった。

最後の小さな炎が皿の片すみを走り、いくつもの小さな泡になって消えると、部屋は真っ暗になった。

老婆が深いため息をついた。

「明かりをつけて」

「えっ？」ベンは一瞬なにをいわれているのかわからずに皿を見た。老婆が床を踏みならした。

「ドアのそば！」

ベンは足もとに気をつけながら部屋を横切ると、ドア枠のまわりを手探りし、スイッチを入れた。闇が消えると、ごくふつうのみすぼらしい食堂に立っていた。ベンはこのときになってはじめて、自分がどんなに怯えていたかに気づいた。電灯の単調な光が使いふるした椅子や汚れた壁紙を照らしだした。味気ない部屋を華やかにしてくれるクリスマスらしいものはなにもなかった。きらきら光るモールもいろいろな飾りつけもなく、クリスマス・カードさえ一枚もなかった。

テーブルの上の錫の古びた大きな皿だけが、ふつうの家では見かけないものだった。皿のなかには木の実や干しぶどうが散らばり、それぞれに焦げ茶色の水滴がついていた。

トッドは指でその水滴に触わり、味をみた。「ブランデー、ですね?」

老婆がくっくっと笑った。「あそこのびんの半分、使ったんだよ」

それはなんの疑問も感じさせないふつうのことばだったし、電灯の明かりで見ると、老婆もふつうのおばあさんだった。小さくてしわくちゃで骨ばった鼻をし、手には褐色のしみがあった。奇妙なのは、ほつれた白髪に青い蝶結びのリボンをつけていることだけだった。

ベンはほっとして、思わず笑いだしそうになった。

「ブランデーなの?」

「そうだよ」老婆が落ちついた声でいった。「子どものころは、クリスマス・イブには必ずスナップドラゴンをしたものさ。あのころは、だれもがこのゲームをしたし、うちでもみんなが夢中だった。母さんは、クリスマス・プディングにかけて燃やすブランデーを取られないように頑張っていたよ。兄さんたちがいつも、うまいことをいって余分にもらおうとしたからね。『母さん、もう一回やらせて！　プディングにかけるんなら、それぜんぶはいらないでしょ！』なんていってさ。母さんが腹を立てたことといったら！」年老いた耳ざわりな声が急にはじけて笑い声になり、老婆は皿のふちを指でトントンと叩いた。

なんだ、むかしの人たちがクリスマスによくやったゲームだったのか！　ベンは、びくびくしていたことをいっしょに笑おうと、トッドのほうを向いた。

だがトッドは、ベンを見ていなかった。老婆を魅せられたようにながめていた。

「お母さんが腹を立てたのは兄さんたちだけじゃなかったんでしょ？　おばあさんのほうが、もっとうるさくせがんだんですね？　すごく上手だもの。ぼくなんかよりずっと」

老婆が皿のふちをはじいたので、鈴のような音がした。それからまた話しはじめたが、こんどの声は冷たかった。「いいや、わたしは一度もさせてもらえなかった。小さすぎたんでね」機嫌の悪い子どものように、いっとき老婆はすねているように見えた。

「じゃあ、いま、その埋め合わせをしたら？」トッドはテーブルに両肘をついた。「もう一回ゲームをしようよ」

「トッド、ぼく、ほんとに行かなくちゃ……」ベンがいいにくそうにいったが、トッドはせせら笑った。

「もっとずぶとくなれって。おまえ、まだ一度もしてないじゃないか。みんなでもう一回ゲームをやるべきだと思うな」

「ほんとにそう思うのかい？」老婆はしばらくトッドに目を据えていた。ベンはふいに、老婆の目が真っ青なことに気づいた。リボンとおなじようにあざやかで、目の覚めるように澄んだ青だった。

「もちろんですよ」トッドがいった。「ブランデーはまだありますか？」

「台所にあるよ」老婆はすぐに青い目をベンに向けた。「よかったら、行って取っておいで。この部屋の向かい側だよ」

ベンは足をもぞもぞ落ちつきなく動かした。

「ほんとなんです……両親がぼくの帰りを待ってます……約束したんです……」

「なんていい子なんだ！」トッドが天井を見上げて、目玉をぐるっとまわした。「おまえ、まずはスナップドラゴンの火の用意をしろよ。そのあとおれをここに置いて、おやじを迎えにいけばいいさ」

老婆は首をかしげながらベンを見て、にこっとした。

「残っているブランデーをぜんぶ使ったらいいよ。なべに入れて温めて……」

「やり方ならわかってます」ベンがぼそぼそいった。「父がプディング用に温めるのを見たことがあるから」

「まったく、おまえは幸せなやつだぜ」トッドがおもしろくなさそうにいった。「クリスマスに家にいてくれる大好きなパパがいるんだからな。それに、わざわざクリスマス・プディングをつくってくれるだいじなママもな」トッドは老婆がさっきしたようにつめで錫の皿をはじいた。それからうつむいて、その音に耳を傾けた。

ベンは廊下を横切って台所を探すと、電気をつけた。がたのきた古い調理台の上は油でべたべただったし、流しにはひびが入っていた。ブランデーのびんはすぐにわかった。焜炉の横にあって、その隣には小さな片手なべとマッチ箱が置かれていた。ベンはびんを開けて、ブランデーをぜんぶそのなべに注いだ。

ガスは焜炉まで来るのにずいぶん時間がかかるらしく、マッチ棒はベンの指のきわまで燃えてしまったが、それでもやっとボッと勢いのいい音がして火がついた。ベンはなべを焜炉にかけた。ブランデーが温まりだすと、ブランデーとガスとマッチの燃えたにおいの混じりあった一年に一度のなつかしいにおいが鼻をついた。

ベンは無性に家に帰りたくなった。

いまごろ母さんは、台所でシェリー酒をときどきぐいっと飲みながらミンスパイをつくっているだろう。そして父さんは、靴下が見つからないふりをしてメアリーとローラをからかっているだろう。いったい自分は、トッドと見知らぬ老婆しかいないこの冷えびえとした暗い家でなにをしているんだ?

ベンはもう一本マッチを擦ってなべの上にかざした。小さなやさしい音がしてブランデーに火がついた。そのあと廊下を横切り、歩きながら声をかけた。

「さあ、行くよ!　用意はいい?」

ベンが食堂に入ると、老婆が電気を消した。ベンは青い炎でいっぱいのなべをテーブルまで持っていった。

「じゃあ、はじめるよ。メリー・クリスマス!」

ベンは燃えているブランデーを大皿に慎重に流しこみ、皿をふたたび炎の海にした。それから、なべをテーブルの上の邪魔にならないところに置いた。

「もういいね。ぼくは帰るよ」

だがベンは、すぐには歩きださなかった。引き止められるのを、トッドが「もうちょっといろよ」とか「帰るまえに一回やってけよ」とかいいだすのを待った。

けれどもトッドは、ベンのことなどまったく考えていなかった。ベンのほうへ上の空で手を振り、「わかった。またな」とぼそぼそいっただけだった。目を炎にくぎづけにし、手はもう皿の上に出して突っこむチャンスをねらっていた。

それでも、老婆のほうがすばやかった。さっと手を出して、炎のど真ん中に入れた。

「干しぶどう！」

「ぜんぶ取らないで！」トッドもつかむと、老婆を見てにやっと笑い、アーモンドをふたつ口に押しこんだ。

ベンは一瞬ふたりを見た。それから部屋を出て、暗い廊下を歩いていった。外へ出て玄関の扉を閉めると、やぶの向こうに街灯のオレンジ色の明かりが見えた。教会の時計が七時を打った。メアリーとローラが寝る時間だ。

ベンは走りだした。だが、走った距離はさほどではなかった。丘を半分ほどのぼったところで、車が一台歩道沿いに走ってきて、ベンの横でとまった。ベンの父が、助手席のドアを開けようと体を伸ばした。

「どこへ行ってたんだ？　あの子たちは、靴下を吊す準備をすませたぞ。おまえは約束したんだろ。帰ってきて、おまえのもいっしょに吊すって」

「帰るところだったんだ。けど、トッドが……」

「ウーン！」父親は顔をしかめた。「あの子は、一度ぐらいはおまえの身になってもいいんじゃないのかね。クリスマスだぞ」

「あいつがくるぶしを痛めたんだ。骨が折れてるかもしれない」ベンは車にすべりこんでドアを閉めた。「あいつを家まで乗せてってやんなきゃだめなんだよ、父さん」

ベンの父はもう一度「ウーン」と大げさな声をあげた。「家に連れてっても無駄だ。あの母親は、あの子のそばにいて世話をしてやるような女じゃないだろう。まっすぐ救急病院へ連れてったほうがいい。あの子はどこにいるんだ？」

「あの灰色の家」ベンが指さした。

父親はきっとなって息子を見た。

「おまえたち、押しいったのか？」

「まさか！　おばあさんに入るようにいわれたんだ」

「おばあさん？」

「いまあそこに住んでる人だよ」

父親はもう一度きびしい目で息子を見たが、なにもいわなかった。丘を下りきって左折し、灰色の家の前の道路に車をとめただけだった。

ベンは、エンジンがとまらないうちに、車から出た。

「あいつを連れてくるよ」

庭のやぶの間の小道は依然として暗かったが、こんどは父親が門の外から見ていてくれた。

ベンは玄関まで行って、呼び鈴の引きひもをぐいと引っぱった。

長い間待たなければならないことはわかっていた。トッドは玄関まで来られないし、老婆が廊下を歩いてくるにはかなりの時間がかかる。ベンは足音がしないか耳をすましながら、腕組みをして立っていた。

だが、だれも来なかった。

車のドアが閉まり、ベンの父が小道を近づいてきた。

「どうしたんだ？」

「だれも出てこない」ベンは顔をしかめた。「聞こえてるはずなんだけど……」

父親は扉の上や下をコツコツ叩きながら調べていた。

「この扉は、内側から板でふさがれているような感じだな」

「だって、そんなこと、ありえないよ！　ぼくたち、入って……」ベンは息をのみ、そのまま口をつぐんだ。

「父さんは裏へまわる」父親がふいにいった。「あっちから入れないか、調べてみる」

ベンの父は右手のやぶに入ると、小枝をかきわけて進んでいった。ベンはしばらく父を目で追いながら立っていた。そのとき、横に窓があったことを思いだした。父とは反対側のやぶを突っ切って、家のわきの小道を走った。

前方に、小さな窓が見えた。カーテンとカーテンの間がまだ少し開いていて、そこからトッドがテレビと見間違えたあの青い光がもれていた。ベンは窓をめざしてまっすぐに進み、花壇を横切って窓ガラスに鼻を押しつけた。

すると、やっぱりいた。ふたりが炎を上げているスナップドラゴンをはさんで向かい合っていた。トッドはにたっとすると、両手を皿に入れ、指先に明るい炎をつけて出してきて大きな声で笑っていた。つかんだ木の実や干しぶどうを放りあげて口で受けとめ、大口を開けて噛みながら、テーブルの向かい側をばかにするように見つめた。

テーブルの向かい側の人がそれにこたえて声を立てて笑った。きれいにそろった真っ白な歯が青い光で輝いた。カールさせた茶色の髪を半分だけ後ろにはらっているので、皿のほうへさっと身をのりだすと、それがベルベットのワンピースのレースの襟の上ではねた。

ふたりの向こうで、鉢植えのシダが月の光を浴びた小さな木のように葉を広げていた。羽に似た大きな葉の葉脈から細かくわかれている美しい葉のひとつひとつが、炎が揺らめくたびに踊った。磨きこまれてかすかに光っている板張りの壁やモールの明るい花飾りからも、光がちらちら反射した。サイドボードの上ではグラスがきらめき、グラスのそばには、皿いっぱいのミンスパイが大きなクリスマス・ケーキの隣に置かれている。そして、サイドボードのなかには酒びんが肩を並べていた。部屋はすみからすみまで暖かそうで、きらきら輝き、クリスマスの雰囲気に満ちみちていた。

いっとき、ベンはぼうっとしていた。そこへ行きたくて、自分もそのなにもかもがそろっているクリスマスの絵の一部になりたくてたまらなかった。だが、いまさらどうしようもないことはわかっていた。あそこへはもう、もどれないのだ。

ベンは手を上げて窓を叩いた。

少女がさっと振りかえってベンのほうを向いた。あのまぎれもない青い目がちらっと見えた。カールさせた髪に結んだリボンの色とおなじ青だった。そのとき、皿の上の最後の炎がゆらゆら揺れて小さくなり、消えた。スナップドラゴンは終わった。

と同時に、板がはがれるような音がして裏口の戸が開いた。つづいて、石を敷きつめた廊下からどっしりした足音が響いてきて、ベンの父の大きな声がした。

「父さんがいったとおりだ、ベン。ここにはだれも住んでいない。だれもだ」

クリスマスを我が家で

デイヴィド・ベルビン　作
依田和子　訳

クリスマス・イブにヒッチハイクなんかするもんじゃない。ビリーは、サービスエリアで、もう五時間近く立っている。でも拾ってくれそうな人はひとりも現われない。スピードを落としてビリーに目をとめる人さえいない。おまけに雨風も寒さもひどくなってきた。雨をしのぐには、ガソリンスタンドの後ろにまわってごみ箱のかげに入るしか方法はなかった。そのうち眠気に襲われて、ついうとうとしてしまった。こうしてまた一時間が過ぎた。

あたりは暗くなりはじめ、霧も出てきた。ビリーなどいないかのように、車が何台もそばを通りすぎていく。

――くそっ、クリスマスだというのに。なにも大きな汚いバッグを持ってるわけじゃない。死んだ母さんが使ってた小さなナップザックをしょってるだけだ。なかにはたいしたものじゃないけど、おれの全財産が入ってる。どんなに小さな車でも足もとに収まる大きさだ。高速道路を横切って上り車線へ行って、今朝出てきたばかりのロンドンに、ヒッチハイクでもどったほうがいいかもしれない。クリスマスには寝る場所も食べ物も簡単に手に入ると聞いてたのに、そうじゃなかった。おれは運に見放されてんだ。道を横切るとき、車にひかれちゃうかもしれない。

ビリーはせきこみはじめた。ここ二か月ほど風邪が治りきらない。路上生活も長くつづけていれば体が慣れてくると仲間はいうけど、そろそろこんな生活をやめてもいいころだ。ホームレスになってもう一年になる。

霧がだんだん濃くなり、寒さも増してきた。

――もっと暗くなったら、〈ハッピー・イーター〉に入ってちょっと暖まろう。コーヒーを飲むくらいのお金なら残ってる。でも、ひどいかっこうだから、店に入れてもらえないかもしれないな。

雨がまた降りはじめた。ビリーは寒さで体が震えてきた。防水加工だったはずのアノラックがぐっしょりぬれて、足もとには水たまりができている。

そのとき突然、ガソリンスタンドのほうからトラックがこっちへ来るのが見えた。ライトを消して歩道の縁石ぎりぎりに近づいてくる。ビリーは親指を立てて乗せて欲しいと合図する代わりに、一歩後ろへさがった。道にたまっている油まじりの泥水をかけられるのはいやだった。

トラックはなおもビリーめがけて進んでくるように見えた。ビリーはトラックを避けようとした。だが、その瞬間、ライトがぱっとついた。そのまぶしさに、ビリーはその場に立ちすくんだ。まるで密猟者のかかげる明かりに目がくらんで動けないウサギのようだった。

トラックがとまった。縁石に乗りあげた車輪は、ビリーの右足からわずか数センチしか離れていなかった。助手席のドアが開いて、太いしゃがれ声が聞こえた。

「乗りてえのか？」

なんだかいやな予感がした。でも雨は激しく降っているし、サービスエリアで過ごすのもまる一日になる。ビリーは車に近づいていって、ドアをもうちょっと開けた。

「どこまで行くんだ？」太い声がたずねた。

運転している男の姿はまだ見えない。しゃがれた、グラスゴー生まれの人特有のなまりのある声が聞こえるだけだ。

「スコットランドのグレトナに行きたいんです」

「おれもそっちへ行くとこだ。ほら、乗れよ」

ビリーは迷った。ヤバイことに巻きこまれないような生き方は身につけていた。けれどもこの男はビリーとおなじスコットランド人だし、家、少なくとも以前家と呼んでいたところまで連れてってくれるといっている。

ビリーは車に乗りこんだ。ナップザックを足もとに置き、男の顔も見ないままシートベルトを締めた。

「とまってくれてありがとう。外はひどいんだ」ビリーはいった。

男はなにもいわずに、ごつい手をギアに伸ばした。それからアクセルを踏んで高速道路M1を、凍りつくほどきびしい寒さの北へ向かって車を走らせた。

薄暗いトラックの助手席から、ビリーは男を観察した。年は三十代後半か、せいぜい四十ぐらい。髪は短くて黒く、ビリーよりもっともじゃもじゃで、スチールウールのたわしみたいだ。目は太い眉毛の奥に隠れて、よく見えない。顔にはあばたと切り傷があり、濃い口ひげが上唇をおおっている。がっしりした体格で、よれよれのジーンズにざっくりしたウールのシャツを着ていた。

ビリーはヒッチハイクの経験はあまりなかったが、エチケットは心得ているつもりだった。運転手は、運転に集中しなければならないのだから、ろくに口をきかなくても、すすんで話をして相手を楽しませなくてはならないと。

「おれ、ビリー。ビリー・ゲイツって名前なんだ」ビリーはできるだけ親しげに話しかけた。

返事をしない気なのかとビリーが思っていると、男はしばらくしていった。

「ハンク」

「クリスマス・イブに働かなきゃなんないなんて、たいへんだね」

またもや返事はない。その代わりにスピードが上がり、時速八〇キロに達した。霧がだんだん濃くなっているのに、スピードが出すぎているようだ。でもビリーは、飛ばしすぎだなんていえる立場にはなかった。

互いに押しだまっているのは、このスピードとおなじくらい怖かった。ラジオが目にとまったので、スイッチを入れてもいいかきこうとした。

「あの……」

最後まで聞かずに、ハンクがさえぎった。

「音楽は嫌いだ」

その言い方があまりにも恐ろしかったので、ビリーは車の外へ飛びだしたくなった。でも時速は九〇キロに達しているし、外には濃い霧が立ちこめている。それでビリーは、思いつくままに話しはじめた。

「どうせ賛美歌ばっか流してんだよね。クリスマスにみな兄弟なんて甘ったるいこと聞くのいやだな。だってそんなこと、うそっぱちだから。あんたが拾ってくれるまでに何台車が通ったと思う?」

ハンクは返事をしない。

「千台もだよ」

ビリーは、しゃべりだしたらとまらなくなった。

「クリスマスなんて、ほんとにいやさ。あんたもわかるだろ。みんな、楽しいときを過ごすことになってる。だから、そうじゃないと百倍もみじめになるんだ」

「そのとおりだ。おれにもよくわかるぜ」

ハンクは、さらにスピードを上げはじめた。

＊

霧がどんどん流れていた。こんな天気の日になぜ玉突き事故が起こるのかよくわかる。視界がきくなと思った直後に、一寸先も見えなくなってしまう。でもハンクは、そんなことなど気にもしていないようだ。前の車にぴったりつけて、スピードを上げさせるか、車線を変えさせる。それしか頭にないようだ。ビリーが「ぶつかる！」と思った瞬間、ブレーキをがくんと踏み、ほんの数センチのところで衝突をまぬがれる。

ハンクはそんなことを何度かつづけた。まさに死と隣り合わせのゲームを楽しんでいるようだった。ビリーはずっと恐怖におののきながら、「だいじょうぶ。だいじょうぶ」と自分にいいきかせていた。速度はすでに時速一〇〇キロにも達している。高速道路M6に入ると、車の数はぐんと減った。ビリーは、路面にうっすらと氷が張っているのが気になりだした。

「クリスマスだから家に帰るんだね？」ビリーはたずねた。

「そうともいえるな」ハンクが答えた。

ビリーのおなかがグーッと鳴った。一日中なにも食べていないのだ。

「クリスマス・ディナーを楽しみにしてるんだ」ビリーは大きな声を出した。

おやじがふたり分の食事を用意しててくれたらいいなあ、と思っていた。

「ああ、クリスマス・ディナーか。おれも楽しみだ」とハンクもいった。

「七面鳥のロースト。付け合わせはロースト・ポテトと芽キャベツ。それからブレッドソースも」ビリーはお祈りか、呪文みたいに唱えた。

ハンクがにやっと笑った。歯が一本ぬけているのが見えた。

「おれは、肉を切るのが好きなんだ」ハンクはそういってから、ドスのきいた声でつけくわえた。「どういう意味かわかるか？」

「うん」ビリーはよくわからないまま答えた。

ハンクは、気持ちをまた運転に集中させはじめた。霧が激しい雨に変わった。ハンクがさらにスピードを上げたので、ビリーは体をこわばらせた。スピードメーターの針が一一〇キロに達すると、ハンクはアクセルをゆるめた。ビリーがほっとしたのがわかったようだ。

「これ以上出せねえんだ」弁解するような調子でハンクはいった。「このトラックにはタコグラフってやつがついてて、走行距離とスピードが記録されちまうのさ」

「なにを運んでるの？」ビリーは、スピードが落ちたせいで少し緊張がゆるんで、たずねた。

ハンクは返事をしなかった。

「おれには関係ないことだよね。ごめん」ビリーがいった。

ハンクはこれにも答えなかったが、しばらくしてから自分のほうからきいてきた。

「なんでグレトナへ行くんだ？」

「クリスマスだから家に帰ろうと思って。もう終わりにしたいんだ。ロンドンへ行ったんだけど、うまくいかなくて。おやじがおれを受けいれてくれるかどうか確かめたいんだ。それに、学校にもどって、遅れを取りもどしたいし」

「ふーん。学校へ行って、勉強してえのか。おれも勉強してれば、こんな仕事はしてなかったはずだ」

一瞬、ハンクの声は父親が息子にいうみたいにやさしくなった。でもすぐにまたグラスゴー生まれの人特有の無愛想な男にもどった。激しい風雨のなか、トラックは一一〇キロのスピードで走りつづけた。拾ってもらってから、かれこれ五時間がたち、スコットランドからさほど遠くないところまで来ていた。と、突然、ハンクがまた口を開いた。

「なんで家を出たのか、まだきいてねえぞ」

ビリーはためらったが、ハンクに対する恐怖心はだいぶ薄らいできていた。危害を加えようと思ったのなら、とっくにそうしていたはずだ。ビリーは、ハンクを信じることにした。——なんてったって、トラックに乗せてくれたじゃないか。かっこいい車に乗った身なりのいい人たちは、ひとりも車をとめちゃくれなかった。怖そうに見えるのはしょうがない。それがハンクなんだから。おれだって、ちょっとは怖そうに見えるかもしれない。

「おやじのせいなんだ」ビリーは落ちついた声で話しはじめた。「いつも酒ばっか飲んでたし、母さんをこづきまわしたりもした。でも母さんが生きてた間はまだよかった。おれを痛めつけるおやじをとめてくれたからね。でも、癌になっちゃって……」

ビリーはことばをきった。この話をすることが、こんなにつらいとは思ってもいなかった。

「母さんの葬式がすんだ晩、おやじはおれの両足を、折れるかと思うほどひどく蹴った。そして、それからは毎日おなじことの繰りかえしさ。暴力を振わない日は、大声でののしるんだ。おやじは、ばかじゃないから、あざが残らないようにしてた。あるとき、学校の先生にそのことを話したんだ。おやじと暮らすよりは、施設に入ったほうがましだと思ったからね。でも、おやじは、おれが話をでっち上げたといって、みんなを納得させたんだ。母さんが死んだのはおやじのせいだ、とおれが思いこんでるとかいってさ。先生たちは、施設に入れてくれるかわりに、おれに精神科の治療を受けさせた。

去年のクリスマスは、最初のうちはよかったさ。ばあちゃんが老人ホームからうちのクリスマス・ディナーにやってきたんだ。母さんの母親で、おれのたったひとりのばあちゃんがね。けど、ばあちゃんをホームに送って帰ってくると、おやじは荒れてまた酒を飲みだして、物を投げつけはじめたんだ。おれは殴られて、両目のまわりに黒いあざができた。なにも見えないほどにね。おやじが酔いつぶれてる間に、ありったけの金をかき集めて、このナップザックに物をつめこめるだけつめこんで、家を出たんだ」

ビリーがここまで話すと、たいていの人なら同情するようなことをいう。でも、ハンクはなにもいわなかった。

時間は夜の十時をまわっていた。早朝にはグレトナに着くな、とビリーは思った。眠っている父親を朝早くに起こしたくはない。それに、もうひと晩寒い戸外で過ごしても、体にさわることはないだろう。

「なんでおやじさんのところへもどるんだ?」五分ほどして、同情するような調子でハンクがきいてきた。

ビリーは、大きく息を吸ってから話しはじめた。

「ほかに行くとこがないんだ。路上生活で会ったやつらは、おれがおやじから受けた仕打ちよりもっとひどい目にあってんだ。想像もできないぐらいさ。過去にかたをつけないと、未来は来ないと思ってね。それにおやじにもそれなりの理由はあった。母さんは死んだし、自分は失業しちまってた。当たりちらせる相手は、おれしかいなかったんだ。おやじも一年間ひとりで暮らしてよかったんじゃないかな。たぶん、おれに会えば喜んでくれると思うよ」

ハンクは、否定とも皮肉な笑いともどっちにもとれるような声をあげた。

「もしおやじさんが喜ばなかったらどうする？」

「おれはまだたったの十五だよ。おやじが家に入れてくれなかったら、福祉事務所がどっかに世話してくれるよ。どんなとこに入れられたって、この二か月より悪くはないさ」

*

道路はがらがらにすいていた。意外なことに、ハンクは車のスピードを落としはじめた。

「どうするの？」

ハンクはひとけのないサービスエリアに車を入れて停車した。食堂もガソリンスタンドも閉まっている。

「どうしてとめたの？　疲れたの？」

ハンクは首を振った。

「決まりなんだ。おれは、ここまで八時間、車を走らせてきた。ここで八時間休まなきゃ、このあと運転できねえんだ。そうしねえとタコグラフに記録が残って、まずいことになる」

ハンクは道路のほうをながめた。

「ヒッチハイクで別の車に乗せてもらってもいいんだぜ。うまくいくとは思わんけどな」それから、ビリーの心もとなげな表情を見てつけくわえた。「心配すんな。明日の午前中にはおまえを家まで送ってってやらあ。そうすりゃ、だいじなクリスマス・ディナーにありつける」

「ありがとう」

ハンクは、運転席の後ろに寝場所をつくった。一方ビリーは、助手席の椅子を後ろに倒せるだけ倒して、眠ろうとした。

なかなか寝つけなかった。目はむしろさえていた。父親のことやハンクがちらっといったことを考えていた。あれはほんとうだろうか……帰るのは間違ってるんだろうかなどと思いをめぐらせていた。

やがて心配ごとの種もつきて、ビリーはうとうとしかけた。と、そのとき、物音がしてはっと目がさめた。ハンクがしゃべっている。だが、なにをいってるのかわからなかった。

「どうしたの?」

返事はなかった。ビリーは目を閉じた。すると、ハンクがまたしゃべりだした。

「おまえの目の前で、やつの心臓をぶった切ってやる。それからおまえのもな」

ハンクの低いしゃがれ声がそういっていた。

寝言のようだった。ビリーは身震いした。でも、必死で眠ろうとした。あのことばは本気でいったんじゃない。ハンクは悪い夢を見てるだけだ。そういうことなんだと、自分にいいきかせた。

エンジンが切ってあったので、車のなかはとても寒かった。椅子の座り心地も悪かった。アノラックはもう乾いているのに、さっきから寒気がする。ナップザックからセーターを出そうと座席の下に手を伸ばしたとき、またハンクの声が聞こえてきた。血も凍るような声だった。

「クリスマス・ディナーを食べるんだって？　切ってやろうか？」それから大きな、悪魔のような恐ろしい笑い声をあげた。

もうだめだった。ビリーは、怖くないなんていっていられなくなった。できるだけ音を立てないように車のドアを開けた。冷たい舗装路におり立ち、そっとドアを閉めたとき、ハンクがアメリカ人の言い方をまねた凍りつくような声でしゃべるのがまた聞こえてきた。

「ハーイ、ハニー、帰ってきたぜ！」

このままいっしょにいたら、殺されちまう、とビリーは思った。

うまくいけばヒッチハイクで逃げられるだろう。なんてったって南より北のほうが親切な運転手が多い。交通量が多い道路だから、そのうち拾ってもらえるだろう。

道路に出るには、ハンクのトラックの後ろを通らなければならなかった。あたりは死んだように静かだったが、ビリーが車の後ろを通りかかったとき、なかからブーンという音がはっきり聞こえてきた。なんの音かはわからなかったが、できるだけはやくここを離れなければならないことだけは確かだった。ビリーは不安な気持ちで、高速道路入り口のバイパスに立った。

あたりは真っ暗で、車は一台も通らなかった。たとえ通ったとしても、閉まっているサービスエリアのそばで車をとめることなどありそうもない。ひどい寒さで、ビリーはぶるぶる震えてきた。七時間も頭のおかしなやつといっしょにいたかと思うと、震えはさらに増した。

そのあともずっと車は来なかった。ビリーは、さっきサービスエリアで眠ったのに、とても疲れていた。ずっとなにも食べていなかった。いっしょに車に乗っている間、ハンクもなにも食べなかったことに、そのとき気づいた。空腹のせいで疲れはますますひどくなった。ここから歩いていこうかとも考えた。でも、町からどのくらい離れているのか見当もつかない。おまけにどうしようもないほど疲れていた。ただどこかで丸くなって、明るくなるまで、ハンクがいなくなってしまうまで眠りたかった。目をさましたハンクは、ビリーはだれかに拾われたと思うだろう。それでことはすむ。

ビリーは小さなセルフサービスの食堂まで歩いていって、あたりを見まわした。建物の周囲でうずまいている風を避ける場所を見つけなければならない。いちばんいいのは、まえとおなじようなごみ置き場だ。すぐに、ごみの入った袋がまわりに積んである大きなごみ箱が見つかった。ビリーはなかをのぞいた。運よくごみはなく、きれいなビニール袋が一枚入っていた。ビリーはごみ箱のなかに入ってみた。ちょっと臭かったけど、もっとひどい場所で寝たことだってある。セーターを出して枕の代わりにし、大きなビニール袋を体に巻きつけて寝袋の代用にした。ごみ箱の横には通気孔もついていたので、息苦しくはなかった。ここならハンクに見つかることもないだろう。やっとほっとして、ビリーは眠ってしまった。夢も見ずにぐっすりと。

*

目がさめるともう夜は明けていたが、何時かはわからなかった。自分がどこにいるのか思いだすのにちょっと時間がかかった。レストランから聞こえてくる音で、居場所を思いだした。ハンクのことと長いトラックの旅は、悪夢のように思えた。ポケットを探ってみた。まだ少しお金が残っている。北ではなんでも値段が安い。たぶん紅茶とトーストくらいは食べられるだろう。なにか食べなくては、腹がぺこぺこだった。

ビリーはごみ箱のふたを持ちあげた。手足がこわばっていて、出るのにだいぶ手間取った。

外には朝霧が立ちこめていた。白く輝く霧がビリーのまわりに漂い、あたりの景色はこの世のものとは思われなかった。レストランの建物は黒い影絵のようにぼんやりかすんでいたし、それ以外のものも、はっきり見えない。ヒッチハイクなどできそうにない。でも、気にすることはない。レストランで食事をしている人に乗せてもらえるかもしれない。

そこは高速道路沿いのレストランというよりは、トラックの運転手用の食堂という感じのところだった。でも、とにかく暖かかった。男が三人食事をしていた。みんなハンクと同じ運転手のようだった。クリスマスに働くのもそんなにめずらしいことではないのだろう。

「へぇー、店、開けてんだ!」ビリーは温かい朝食を運んでいるウェイトレスに話しかけた。

「お昼までね」ウェイトレスは答えた。「ほとんどの店は閉めてるけど、うちの常連さんには、ほかに行くとこがない人もいるから」

おれとおなじだ、とビリーは思った。ウェイトレスが、黒板にチョークで書いてあるクリスマス・メニューを指さした。ビリーは口のなかが唾でいっぱいになってきたが、それだけのお金は持っていなかった。カウンターに近づくと、それまで見えなかったレジが見えた。そしてそこに、ハンクが立っていた。

蛍光灯の下で見るハンクは、トラックのなかで見るよりいっそう恐ろしそうに見えた。目は血走り、歯も数本ぬけている。ハンクは横目でビリーを見て、にやっと笑った。

「どこへ行っちまったのかと思ってたぜ。遠くへは行けるはずもねえしな。ここへ来て座りな。おまえの分も注文しといたぜ」

ビリーは走って逃げようかとも思った。でも、どこにも行くところはない。それに昨日の朝からなにも食べていない。おなかがすいて、いまにも倒れそうだ。ハンクが注文してくれる食事なら、自分が乏しいお金で買うのよりずっといいはずだ。

「ありがとう」ビリーは礼をいった。

「どこへ行ってたんだ？」ハンクの声は、昨夜よりずっとやさしかった。

「小便をしに」ビリーはとっさにうまいうそを思いつけずに、そう答えた。

ハンクは信じてくれただろうか。いつごろ目を覚ましたのだろう。ハンクが時計を見た。

「急いだほうがいいな。十二時にはグラスゴーに着かなきゃならねえ」

「なにを運んでるの？」ビリーは気持ちを落ちつかせようとしてたずねた。「ブーンっていう音が車の後ろから聞こえてたけど」

「ああ、冷蔵庫の音だ。ゆっくり空転させとかなきゃなんねえんだ。だが、いまはなにも積んじゃあいねえ。魚の荷を取りにいって、ロンドンまで持って帰るのさ。クリスマスのあとは魚がよく売れるんでな。休みの間じゅうみんな大食らいしてるだろ。少しはあっさりしたものが食いてえというわけさ」

ビリーは安心して、ほっと息をついた。出会ってからハンクがしゃべったなかでいちばん長いことばだった。脅すような口調は消えていた。たぶんハンクはゆうべは疲れていて、いらいらしてどうかしてたんだ。悪い夢を見て、寝言をいったとしてもしかたない。

「おまちどおさま。これ、今日、うちでいちばんのごちそうよ。ごゆっくりどうぞ。メリー・クリスマス！」ウェイトレスがいった。

ビリーとハンクが「メリー・クリスマス」というと、ウェイトレスはふたりの前に料理を置いた。七面鳥のローストに、じゃがいもと芽キャベツとにんじんなどの野菜が付け合わせについていて、肉汁もたっぷりかかっていた。料理を目の前にして、ビリーはありがたくて涙が出そうになった。

「ブレッドソースはねえけどな」ハンクが謝るようにいった。「クランベリーソースならあるぜ」

ハンクはソース入れをビリーへ手渡してくれた。

「ほんとうに……なんていったらいいか……ありがとう」ビリーはことばをつまらせながら礼をいった。

「まあ、いいってことよ。おまえのおやじが料理を用意してねえってこともあるからな。それに……用意してあればおなじようなごちそうを二度食えるじゃねえか」

ビリーはただうなずいて、がつがつと食べはじめた。クリスマスにこんなおいしいごちそうを食べたのははじめてだった。ビリーは大急ぎで飲みこむようにして食べた。ハンクもおなかがすいているようだった。あっという間に、ふたりはデザートのラムソースのかかったクリスマス・プディングを頬張り、大きなマグカップに入ったコーヒーでおなかに流しこんだ。

＊

トラックにもどると、ビリーはあることを思いだした。

「あんたも、もう一回クリスマスのごちそうを食べるんでしょ？　ゆうべ楽しみにしてるっていってたよね」

ハンクは声を立てて笑った。昨夜とおなじ不吉な笑い声だった。

「おれは肉を切るのを楽しみにしてるとはいったが、食べるなんていってやしねえ」

車がまだ暖まっていなかったせいか、ビリーはぞくっとした。でも、昨夜ほど怖くはなかった。世の中には、ぞっとするようなユーモアのセンスの持ち主がいて、なんのことかよくわからない冗談をいったりする。でも、人間を切り刻もうっていうわけではないんだ。

おなかがいっぱいだったので、ビリーはさっきより元気になった。いまのところは万事うまくいっている。それに目的地まで、もうそんなに遠くない。旅もあとわずかだ。

「コーヒーいるか？」ペンリスという町を通りすぎたとき、ハンクがきいた。

ビリーは前方の道路に目をこらしたが、サービスエリアらしいものは見えなかった。

「さっき魔法びんに入れてきたんだ。後ろに置いてある。おれの使ったコップでもかまわねえだろ?」

「うん」

ビリーは座席の後ろへ手を伸ばした。ハンクの大きなバッグから魔法びんの赤いふたが突き出ているのが見えた。魔法びんを引っぱりだそうとしたとき、バッグの奥のほうになにか光るものが見えた。ビリーはバッグのふたを開けた。それは大きな肉切り包丁だった。刃は研いであったが、ところどころ傷がついている。ビリーは、あっと息をのんだ。

「コーヒーがどうかしたか?」ハンクが声をかけてきた。

ビリーはそれには答えず、ゆっくりと魔法びんのふたを開けた。

「なんで口をきかねえんだ?」

ビリーが黙っていると、ハンクはため息をついた。

「見ちゃいけねえものを見ちまったようだな」

「たぶん」ビリーは口ごもりながらいった。ハンクを見る勇気はなかった。

ハンクは笑いだした。ゆうべの寝言とおなじ、乾いた笑い声だった。

「コーヒーを注いでくれねえか。そうでなきゃ、おまえにあれを使いたくなっちまうぜ」

ビリーは手が震えて、魔法びんのふたを開けてコーヒーをコップに注ぐとき、ジーンズに少しこぼしてしまった。震えながらコップを手渡すと、ハンクは運転しながらコーヒーを飲んだ。ハンクの両手がふさがっているいまなら、包丁を取りだして車をとめさせ、車外に逃げることだってできなくはない。

でも、ビリーにはできなかった。ハンクは怖いなんてもんじゃなかった。ビリーを押さえつけることなど簡単だろう。肉を切るのが好きだなんて、どういう意味だろう。

「飲むか？」

ビリーはコップを受けとると、甘いコーヒーをなんとか喉に流しこんだ。だんだん気分が悪くなり、生きた心地がしなくなった。

――そもそもこんな車に乗っちゃいけなかったんだ。直感を信じよ、だ。この一年でそんなことぐらい身にしみていたはずなのに。でも、もう手遅れだ。おれは死んだも同然なんだ。

「怖がることたあねえ。おまえを切るんじゃねえから」ハンクは笑いを噛みころしていった。

「わかってる。そんなはずないもん」ビリーは蚊の鳴くような声でいった。

車はすでに高速道路をおりて、カーライル付近を通過していた。ハンクはまたあの乾いた不快な笑い声をあげた。

「以前、ゴーバルズで人を殺したことがある。おれを見るやつらの目つきが気に入らなかったんだ。けど、おまえは殺らねえ。おれはおまえが好きだ。おれといれば安全だ」

ビリーは、うそをついているのか見きわめようと、ハンクの顔をじっと見た。でも、ゆがんだ微笑が目に入っただけだった。

「おれがあれでなにをするつもりか、知りてえのか？」

「……うん」

ハンクがなにをいったところで、もう信じるわけにはいかなかった。つじつまを合わせるためなら、どんなことでもいうだろう。これから先、ビリーの命は死と隣り合わせなのだ。

「この五年間刑務所に入ってた。殺人罪でじゃねえ。殺人もやったことがあるが、警察のやつらはどれも立証できなかった。暴行罪でパクられたんだ。微罪さ。けど、サツの野郎が、おれのむかしの罪状を判事にいいやがった。それでいちばん重い判決がおりたってわけだ。二日まえにムショから出てきたばかりさ。女房はまだ知らねえけどな」

「奥さんに会いたいんでしょ」ビリーは慎重にきいた。

「ああ、会いたいさ。いいか、おれを密告したのはあいつなんだ。証拠をにぎってたわけじゃあねえ。あれの新しい男が、おれをハメやがったんだ。あのイヌめが、おれが人をふたり殺ったってサツにたれこんだんだ。おれの女房から聞いてな。結局、殺人罪にはならなかった。ほんとなら二十年はムショから出てこれねえはずだったんだ。ところが、おれは模範囚で、五年で釈放されて、これからやつらを訪ねるところなのさ」

ビリーには、ハンクのいいたいことがわかってきた。

「あれを……、そのふたりに使うつもり……」

ハンクはうなずいた。

「そんなことやっちゃだめだ、なんていわねえだろうな？　おれは十二時に魚を受けとって、それからなつかしい我が家に行く。おれがなにをするつもりかわかるだろ？　女房を縛って、あれの目の前で野郎を切り刻むんだ。そのあと女房にもやつとおなじことをしてやる」

ビリーは震えがとまらなくなってきたが、話を信じてはいなかった。もしほんとうだとしても、どうしてハンクはおれに話すんだろう？

「警察はきっと、あんたの仕業だと思うよ」

ハンクは肩をすくめた。

「たぶんな。けど、立証するのに苦労するはずだ。週末はずっといっしょにマリファナをやってたって証言してくれるやつがごまんといる」

「このトラックはどうすんの？　仕事は？」

ハンクは笑っていった。

「これはおれの仕事じゃねえ。だからスピード制限や休憩時間を気にしなきゃなんねえんだ。

クリスマスに休みてえやつの代わりをしてやってるのさ。お互い都合がいいってことよ」

「もしそうだとしても、あんたがいちばんに疑われるのは間違いないよ」ビリーには、ハンクが脅かそうと思ってわざといってるのかどうか、はっきりわからなかった。

「ああ、目撃されるかもしれねえ。だが、車は家からうんと離れたところにとめるし、手袋をはめて目出し帽でもかぶるさ。一か八かやってみるんだ。それに帰りにもうひとり別のやつを殺って、連続殺人に見せかけるさ」

ビリーはまた震えてきた。ハンクはにやっとした。

「おまえのようなガキは殺らねえ。殺されて当然のやつを殺るのさ」

車は、グレトナへの分岐点にさしかかった。

「ここでおろしてくれてもいいよ。そのほうがいいだろ?」ビリーはあわてていった。

「ばかいうな。おまえ、風邪ひいてるだろ。ずっとせきしてたじゃねえか。家まで連れてってやらあ。道をいいな」

気がすすまないまま、ビリーはいわれたとおりにした。

「おまえ、まだおれのいうことが信じられねえんだろ。新聞に載るまでは無理だな」

「新聞に出ても信じられないと思う」

「家に着いたら、すぐサツに知らせたっていいんだぜ」

「そんなことしないよ」

ビリーは、さっきまで警察に行くことを考えていたのに、こう返事をした。

「そんなことをしても、なんにもならねえ。サツのやつらは笑いとばすだけだ。それに、もしおまえのいうことを信じたとしても……なにができるっていうんだ？　おれのほんとうの名前も住んでるとこも、おまえは知らねえんだから。知ってるのはこの車のことだけだ」

ビリーはうなずき、ハンクはつづけた。

「あとになって、おまえはおれを密告することだってできる。だが、おれの目は確かなんだ。おまえはそんなこたぁしねえ。とにかく、おれはやってみる。復讐、このことだけを考えて、この五年間生きてきた。もし捕まっちまったら、あとは一生、監獄のなかだろうけど、それでもいいんだ。本望をとげられるんだからな」

「そんなことして気分がすかっとすると思ってるの？」ビリーは思いきってきいてみた。

ハンクはぞっとするような笑い声をあげた。

「いんや。けど、やつらに恐ろしい思いをさせることはできる」ハンクはからからと笑った。

それから、車を道路のわきに寄せた。

「どの家だ？」

ビリーは指でさししめした。戸口に明かりがひとつともった家がぽつんと見えた。

「だれかいるみてえだなあ」

「うん」

「おやじさん、おまえに会って喜んでくれるといいな」

「うん。乗せてくれてありがとう」

ビリーは一瞬ハンクが握手しようと手をさしだすのではないかと思った。でも、彼はにやっと笑っただけだった。ビリーは助手席のドアを開けて、さっと外に出た。それから車に背を向けて、朝霧の立ちこめた道を歩いていった。

後ろで、車の発車する音が聞こえた。そのとき、ナップザックを助手席に忘れてきたことに気づいたが、なんにもだいじなものは入ってないんだから、かまうもんかと思った。

——ハンクがいったことはほんとうだろうか。身の毛もよだつようなやり方で、これからふたりを殺しにいくんだろうか。そうかもしれない。うん、きっとそうだ。

ビリーには、確信できることなどなにもなかった。父親の家で歓迎されるかどうかもわからなかった。人間って変わるものだろうか。それとも本性を隠すのが上手になるだけなのか。

我が家は目の前にあった。居間の明かりが霧のなかに流れてきていた。その家は、まぎれもなくビリーの記憶のなかの家とおなじだった。真鍮のノッカーを持ちあげて、カタンと下におろしさえすればいいのだ。でも、ビリーにはできなかった。ここはもうおれの居場所じゃないと、そのときわかった。自分の居場所は別のところにあるのだと。

＊

ノッカーの音が家のなかで鳴りひびいていた。でも、それにこたえる足音が聞こえてくるまでに、ずいぶん時間がかかった。やっとなかから声がしてきた。荒々しくて、意地が悪く、脅しかけるような声だったが、鬼のようなやつではなさそうだった。

「だれだ？」

「クリスマスの幽霊でございます」ハンクはいった。が、心のなかでは「冗談だよ。当然だろ」とつぶやいていた。

「おれの知ってるやつか？」

ドアが開いた。出てきたのは、青白い顔をして頭のはげかかった、ハンクとおなじ年かっこうの男だった。

「あんたの息子に用があるんだ」

「なんだって？」

男は酒のにおいをさせていた。家じゅうに気のぬけたウィスキーのにおいと七面鳥を焼くにおいが漂っている。

「あんたの息子の知り合いだ」

ゲイツは顔をしかめた。

「警察か？」

「えっ？　いや違う」

警察ということばを聞いて、ハンクはちょっと不安になった。ビリーが助手席に忘れていったナップザックを持ちあげた。

「さっきあんたの息子を車に乗せたんだ。これを車に忘れていったんで、帰りにちょっと寄ってみたんだ」

ゲイツは無愛想な態度でドアをもう少し開けた。

「入んな」

ハンクは家のなかに入った。ドアを開けると玄関はなく、いきなり狭い居間になっている。ほこりっぽくてじめじめしていて暗く、女手がないのがひと目でわかる。ゲイツはテレビの上からスコッチのびんを取った。テレビから女王のクリスマスのスピーチが低い音で流れていた。

「飲むか？」

ハンクはうなずいた。帽子をぬいで、グラスを受けとり、いっきに飲みほした。

「乾杯！」

ビリーの父親はグラスに二杯目を注ぎ、ビリーのナップザックを手に取った。

「息子はどこにいるんだ?」ハンクがたずねた。

ゲイツは質問には答えず、ナップザックを調べていた。

「確かにあいつのだ。以前はうちのやつのだった」

「ビリーはどこにいるんだ?」

ゲイツは袋の中身を床の上にあけた。ほんのわずかなものしかなかった。赤ん坊を抱いて微笑んでいる金髪の女の人の写真を見つけると、ゲイツはじっと見ていた。

ハンクは不安になってきた。ドアをノックしてから出てくるまでにずいぶん手間取っていたことを思いだした。ハンクの話をビリーが信じたのだろうか。ビリーは家をぬけだして、おまわりを呼びにいっているのだろうか?

「息子を乗せてくれたっていってたな?」写真を下に置いてから、ゲイツがたずねた。

「ああ」

「昨日のことか?」

「そうだ」

ゲイツはとまどっているようだった。

「スコットランドまで来るんだったら、なんでここまで連れてこなかったんだ。なんでロンドン郊外のサービスエリアに置いてきたんだ？」

「あんなとこに置いてきやしねえ」ハンクはわけがわからなくなってきた。「あそこでビリーを拾ったんだ」

ゲイツは顔をしかめた。ハンクはゲイツを好きになれなかった。刑務所の看守のひとりで、残酷きわまりなかったやつを思いだしてしまう。

「それで、いつあいつを車からおろした？」

「三時間まえだ」

ゲイツはそのことを知っているはずだ。なにかおかしい。ハンクはビリーにもう一度会って、ついさっき自分がしたことはいいことだったと確認したかったのだ。それから、運転席にもどって、地獄へ行けばいい。でも、なんだか変だ。

ハンクはそこにしばらく突っ立っていた。

「ビリーによろしくな。おれはもう帰らなくちゃなんねえんだ」

「クリスマスにか？」

ゲイツは頭が混乱しているように見えたが、それでもこういった。

「どうだ、ちょっと休んでいかねえか？　ふたり分の食事ならあるんだ」

「ふたり分？　三人分じゃねえのか？」

「いや、そうじゃあねえ」とゲイツは答えた。

ハンクは、男について台所へ入っていった。ゲイツは、オーブンから焼きすぎてひどく小さくなった七面鳥を取りだした。

「ゆうべ、警察が来た」ビリーの父親は七面鳥をテーブルに置きながらいった。

「ゆうべだって?」ハンクはわけがわからなくなった。それならおれのことじゃない。

「ビリーのことを知らせにきたんだ。ロンドンからそう離れてないサービスエリアにある、ガソリンスタンドのごみ箱のそばで死んでるのが見つかったんだ。死因は肺炎だったらしい」

ゲイツはマッシュポテトを二枚の皿に取りわけ、水っぽいにんじんを付け合わせに盛りつけた。ハンクはだんだんわかってきた。このときはじめて、ビリーの青白い顔やうつろな目、それに、ビリーがトラックの助手席にいるときには車内が寒かったことなどを思いだした。

「じゃあ、おれが見たのは……」

「ああ、そうだ」ゲイツは答えた。「あのくそガキがおれんとこへ化けて出なくてよかったぜ。あいつにはがまんできなかった。やつはおれの子じゃねえ。女房はおれの子だといってたが、おれは信じてなんかいなかった。茶色の髪に青い目なんざあ、あいつの家系にもおれんとこにもいやしねえ。厄介ばらいできてせいせいしたぜ」

「あいつはあんたを許すっていってたぜ」ハンクはいった。

しかし、ゲイツには聞こえていないようだった。大きな肉切り包丁を取りだして研ぎはじめたが、その間もずっと、大声で息子のことをののしっていた。

「あんときやつが家出してほんとによかったぜ。さもなきゃ、おれがやつを殺してたとこだ」

ハンクはビリーが父親から受けた仕打ちと、どうしてああいうことをしたのかわかるといっていたのを思いだしていた。でも、ビリーは間違っていたのだ。悪いやつは必ずいる。そう生まれついているのだ。そいつの性格を変えることなど、できやしない。思いしらせてやることしかできないのだ。

「腹はすいてるか？」ゲイツがウィスキーに手を伸ばしながらきいた。

「ああ、ぺこぺこだ」ハンクはうそをついた。

ゲイツが飲み物を準備している間に、ハンクは肉切り包丁を手に取った。ハンクが刃先を向けると、ビリーの父親は眉を上げ、やせた肩をすくめて、なんでもないというように、にやっとした。なぜか、ハンクを信用しているようだった。

「使い方を知ってるみてえじゃねえか」ゲイツはぎこちなくいった。

「何度もやったことがあるのさ」ハンクはにたにた笑いながら、そのことを認めた。それから、ゲイツのほうへ近づいた。ゲイツは、ハンクのグラスにウィスキーをとくとくと注いだ。

「ありがとよ」ハンクは凍るような声で、ていねいにいった。

ハンクは立ち上がった。まるで丸焼きの小さな七面鳥をしっかりつかもうとするかのように。それから、ビリーの父親のほうを向いた。突然、ゲイツは不安そうな顔をした。ハンクはさらに近づくと、包丁を持ちあげて、ふたたびにやりと笑った。

「切ってやろうか?」

果たされた約束

スーザン・プライス　作
西村醇子　訳

「ほんとうにだいじょうぶ？」母親のジューンがいった。

「ああ、母さん」デイヴィドは、さっさと出かければいいのにと思った。

「わたしの行き先、わかってるわよね？」

デイヴィドは腕組みして、階段の手すりにもたれた。「道の向かいの四十二番地」

「あちらの電話番号はメモしてあげたわね？　メモは電話の横よ。なにかあったら、電話するか呼びにきなさい。あんた、ほんとは出かけて欲しくないんじゃない？」

「そんなことないよ、母さん」

「いっしょに行けたらねえ。留守番させるのはかわいそうだけど、あちらが、子どもをひとりも招待なさらなかったでしょ。だから……」

「母さん、ぼくが呼ばれてたら母さんは行かれないよ。だれがケニーを見てるのさ？」

「確かにそうだけど」母親はちょっと黙っていたが、すぐにまたあれこれいいはじめた。「行くの、よそうかしら、でも……」デイヴィドはため息をつき、目をつぶって首を後ろへ反らせた。「あんたはもうクリスマス・イブに夢中になる年じゃないわね。それにケニーは寝てるし、あちらはご好意で招いてくださったんだし。ねえ、ほんとにいいのね？」

階段の手すりに頭をもたせかけ、目を閉じたまま、デイヴィドは答えた。

「いいから、行きなってば！」

「ケニーのようすを確かめておいたほうがいいわね」

母親が階段に足をかけたとき、デイヴィドはがまんできなくなった。「よせよ！　目をさましたらどうするのさ。今日は一日中、あいつに手こずらされたじゃないか！」

「興奮してたのよ、デイヴィド。クリスマス・イブですもの。あの子はまだ小さいから」

「だからって、ぼくの本に絵を描くことないだろ」

「ああ、あれ。あの先生ならわかってくださるわよ。あのことでの文句はもうたくさん」

デイヴィドは頭を手すりから離すと、くるっと向きを変えて居間にもどった。ケニーには、歴史の教科書に四ページも、あざやかな色のクレヨンでサンタクロースやトナカイたちを描かれてしまったのだ。

――あの先生がわかってくれるもんか。教科書は、一年間ずーっと使わなきゃいけないってのに、まるまる四ページも、だめにされたんだ。そうでなくても、歴史の先生にはにらまれてるのに。たぶん、「デイヴィド・ローズ、自分の持ちものはもっと大切にするもんだぞ。そうすりゃ、いいわけなんかしなくてすむんだ」といわれるな。母さんときたら、あいつのことになると、いつもこうだ。なにをしても叱ろうとしない。がまんしなきゃならないのは、いつだってぼくのほうなんだ。

デイヴィドは宿題をやらなければならなかったが、母親が出かけたことを確かめるまでは落ちついて取りくめそうになかった。でも、玄関のドアが閉まるバタンという音はまだ聞こえない。たぶん、だいじなケニーのようすを見に二階へ上がったのだろう。デイヴィドは暖炉のそばの肘かけ椅子に浅く座り、じりじりしながら母親が出かけるのを待っていた。

ティミーがウーとうなって暖炉の前の敷物から起きあがると、後ろ足で立ち、温かい前足をデイヴィドの膝にのせた。デイヴィドはティミーの頭をなでようとつい手を伸ばしかけ、あやういところで犬を押しのけた。ティミーはぼくの犬じゃない、とデイヴィドは思った。お隣の犬だ。クリスマスにポルトガルへ出かけるお隣さんが、やんちゃでお菓子に目がないこの小犬を押しつけていったのだ。

デイヴィドの母親は「いや」といえない人だ。それでデイヴィドが、小犬の散歩をさせるはめになってしまった。休暇がはじまってから今日までこのテリアの小犬がしっぽを振り、愛嬌を振りまくのを無視してきた。好きになっても、どうしようもなかった。あと数日もすれば飼い主のもとへもどってしまうのだから。

玄関の戸がバタンと閉まる音がした。母親がいままでぐずぐずしていたのかと、デイヴィドは顔をしかめた。

――パーティーは、母さんのためにはいいことだ。外出するチャンスがあまりない母さんが招待されたときの喜びようといったら、ぼくより年下みたいだった。いちばんいいドレスを着て化粧をし、髪の毛をセットしてわざわざ見せにきたから、いい感じだねとほめたら、顔を赤らめてはにかんでいた。パーティーへ行ってもかまわないといったのは、本心からだ。ぼくが家に残って、宿題をしていることになっても平気だった。ただ、いつまでもケニーのことをあれこれ心配するのだけは、うんざりだ。あいつは、一日中さんざん手を焼かせたあと、サンタクロースのためにミンスパイを一切れとシェリー酒をグラスに一杯用意し、長靴下を吊すと、ご機嫌でベッドに入ったんだ。そんなやつのようすを五回も六回も見にいく必要なんかあるもんか。

デイヴィドは肘かけ椅子から立ち上がると、教科書が散らかっている食卓にもどった。宿題は経済学だったが、だれだってクリスマス・イブに、わざわざこんな勉強をしたいとは思わないだろう。食卓の椅子にだらんと座りこんだデイヴィドは、部屋のすみにあるクリスマス・ツリーに目をやった。きらきらしたモールが何本もツリーの上のほうからさがり、大きさも色もさまざまな飾り玉がついている。マントルピースの上にはクリスマス・カードが雑然と並んでいるし、食卓の向こうの端には、サンタ用のパイとシェリー酒のグラスが、刺繍をほどこしたトレイ用のクロスの上にこぎれいに置かれている。ケニーが、母親がだいじにしている客用の皿とグラスを使って用意したのだ。それでもデイヴィドには、今夜がクリスマス・イブのようには思えなかった。宿題のある、ほかの日の夜と少しも変わらなかった。

デイヴィドは鉛筆を持って、宿題のレポートにもうひとつ文章を書きたした。それからサンタ用のシェリー酒を飲み、パイを食べおえると、教科書を何ページか拾い読みした。ティミーが暖炉の前で伸びをし、あくびをした。

一時間ほどテレビを見てからデイヴィドはまたしぶしぶと勉強にもどり、レポートをもうひと段落どうにか書いた。そのあと疲れはてて床にあおむけになってクリスマス・ツリーを見つめていたが、やがてぴかぴかした飾りがかすんできた。時間がゆっくりと過ぎていった。九時になり、十時、十一時になった。母親はまだ帰ってこない。パーティーが盛りあがっているのだろう。

十二時近くに居間のドアが開いた。玄関の鍵が開く音は聞こえなかったが、母親だろうと思って、デイヴィドは食卓から顔を上げた。だれも入ってこなかった。いや、上のほうを見すぎていただけだ。ドアがなおも開きつづけるので下のほうに目を移すと、パジャマ姿のケニーがいた。

「なんで起きてきたんだ？」

「サンタクロース、来てくれなかったんだ！　プレゼントないもん」ケニーがいった。

弟がまだサンタクロースを信じていることが、デイヴィドのかんにさわった。

「まだ、朝になってないだろ、まぬけ！　ベッドへもどれよ」

「もう朝だよ。ぼく、ずっと寝てたんだから」

デイヴィドは食卓から立ち上がった。

「おまえが一度寝て起きたからって、いまが朝とはきまってないんだぞ。寝ろ！」

ケニーは、空の皿とグラスに気づいて目を見開き、ぽかんと口を開けた。

「来たんだ！　パイを食べてったよ！」

「にいちゃんが食べたのさ。さあ、おまえはベッドにもどるんだ」

ケニーはショックを受けて怒りだした。「サンタさんのを食べるなんて、ひどい！」

「おまえがベッドへもどらないと、サンタさんはうちにはぜったい来ないぞ。なあ、もう一度おまえにパイとグラスを用意させてやったら、ベッドにもどるか？」

ケニーは指をしゃぶったままデイヴィドを見つめ、「ウーン」という声を出した。そうするという意味だと思ったデイヴィドは、ミンスパイの入った缶とシェリー酒のびんを取りに台所へ行った。

デイヴィッドが居間にもどってくると、ケニーはティミーをなでるのをやめて叫んだ。

「ぼくがやる！」

「わかったよ」デイヴィッドは缶とびんを食卓にのせると、椅子を引きよせた。ケニーに手を貸して椅子の上に立たせ、缶のふたを開けてやった。ケニーは、いかにもむずかしくて大切な仕事をしているように、慎重に缶からパイを一切れ取りだし、皿の真ん中にのせた。それから、指についた粉砂糖をなめて、「こんどはシェリー酒だね」といった。

「にいちゃんにもやらせろよ」デイヴィッドは缶のふたを閉めると、びんのキャップをまわして開けた。「いっしょにびんを持ってやるから」

デイヴィッドが重いびんを支えていると、ケニーはびんの首を持ち、グラスの上までなんとか持っていった。茶色のシェリー酒が勢いよく流れだした。「気をつけろ！」と、デイヴィッドがいったが、白いクロスにやっぱり少しはねを飛ばしてしまった。ケニーはそれには気づかなかったらしく、デイヴィッドがびんのキャップを閉めると、うまくやりとげたといわんばかりに、にやりとした。

「ぼく、パイ、食べていい？」

「ベッドに持っていくんならな」デイヴィッドがいった。

「パイ、ちょうだい！」

デイヴィドはもう一度缶のふたを開け、ケニーがパイを一切れ出すのを待っていた。

「さあ、ベッドへもどれ」

ケニーは椅子に腰掛けると、パイにかぶりついた。

「ずっと起きてて、サンタさんが来るところを見たいよ」

「ベッドへ行くって約束したんだぞ！」

「しなかったもん」

「おまえを寝かせたのはママだ。叱られるぞ、帰ってきたときおまえが起きてたら」

「平気さ」

「ほんとか？」

「平気だってば！」ケニーはパイの最後のひと口を頬張ると、椅子から飛びおりて暖炉の前にいるティミーのところへ行こうとした。

「だめ、だめだ！」デイヴィドはケニーをつかんだ。犬なんかと遊びはじめたら、寝かせるどころではなくなってしまう。ケニーは怒って、たちまちキーキー声をあげはじめた。聞いているだけで、デイヴィドが縮みあがってしまうほどの声だ。ケニーはそのまま絨毯に体を投げだし、体全体でデイヴィドの両腕を引っぱった。

「ママにいってやる、いってやる!」ケニーは叫んだ。

「なんていうのさ?」こうしてるときのケニーはずしりと重たい。それに、デイヴィドを蹴とばしたり殴りかかったり、手足が何本もあるみたいだ。

「にいちゃんがぼくをぶって、いじめたって!」

母親はたぶん弟のいうことを信じるだろう。デイヴィドは絨毯の上で足をすべらせて倒れた。そのひょうしに、床に肘を思いきりぶつけてしまった。そこへケニーが馬乗りになってきたので、なおさら痛かった。犬のティミーが飛んできて、吠えながらふたりのまわりをはねまわった。デイヴィドはかんしゃくを起こした。

「よし! 起きてろ! ベッドに連れてかなくたって、床の上で眠るにきまってる!」

「そんなことない!」ケニーの涙はあっという間に乾いた。デイヴィドの上からおりると、にこにこ顔で、犬と遊ぼうと暖炉まではっていった。

こいつの得意顔はほんとうに腹が立つと、デイヴィッドは思った。また、弟の思いどおりになってしまったのだ……。

「サンタクロースが来るまで、起きてろよ! きっと、後悔するぞ。起きてなきゃよかったと思うからな」

「そんなことない!」ケニーがいった。

デイヴィドが床から起きあがると、そこはクリスマス・ツリーのそばだった。厚紙の赤い上着に綿の白ひげをつけた小さなサンタクロースの人形がひとつ、枝からさがっている。この人形をデイヴィッドが枝から引っぱって取ると、モミの木のからからになった針のような葉が絨毯にいっきに落ちて、ツリーの飾り玉がチリチリ鳴った。デイヴィドはサンタクロースにまで八つ当たりした。大酒飲みで赤ら顔の、でぶで気どった煙突のぼりじいさんのことは、まえから頭にきていたのだ。

「おまえ、来るのはサンタクロースだと思ってんだろ？　袋のなかにおもちゃをつめた親切でやさしいじいさんだって。でもな、そいつは違うぜ。大間違いさ！」

「じゃあ、だれが来るの？」ケニーがきいた。

「ファーザー・クリスマスだ、そいつが来るんだ」

ケニーは一瞬デイヴィドを見つめたが、すぐに目をそらして、ティミーをなでた。

「おなじことじゃん」

「違うさ、おなじじゃないんだ。こっちがサンタクロース」デイヴィドは、ツリーの飾りをケニーの手もとへ放りなげてから、ケニーと犬をまたいでマントルピースの上にある一枚のカードを取った。「こっちは、ファーザー・クリスマス」

そのカードの絵は、よくある明るいクリスマス・カードとは違っていた。薄暗い部屋で大笑いしている巨人が、中央にうず高く積まれた食べ物（パイにケーキ、クリスマス・プディングに小さな酒樽など）の上に裸足で座り、その足が野ウサギ、子豚、キジといった動物の死骸に半ば埋もれている。巨人は片方の手には燃えている松明、もう片方には大きなカップを持ち、そのカップからはワインがあふれている。白い毛皮のふちどりがある濃い緑色の裾まである長くゆったりした服を着ている。ひげを生やしているが、ひげの色は黒。肩までとどく黒髪の頭には、ヒイラギの緑の葉と赤い実でつくった冠をかぶっている。

「こんなの、ファーザー・クリスマスじゃないよ」ケニーはいった。「袋はどこさ？　サンタクロースの服は赤で、緑じゃない。それに、ひげも白いんだから」

「それは、おまえがなんにも知らないってことさ」デイヴィドは答えた。「ファーザー・クリスマスとサンタクロースはおなじじゃないんだ。ぜんぜん違うんだ」

「違わないよ」ケニーはいいかえしたが、自信がないことがデイヴィドにはわかった。一日中、このうるさい弟に悩まされたあとだっただけに、すかっとした。

「はじめにいたのは、ファーザー・クリスマスさ。サンタクロースなんて、いなかった。あんなのは、少しまえにコーラの会社が宣伝用につくったんだ。せいぜい六十年ぐらいまえだ」

「それなら、ずーっとまえじゃないか」ケニーがいった。

「おまえにはそうだろよ、おまえはまだ六つだから……」

「もうすぐ七つだ！」

「たった六つさ。だから、なんにも知らないんだ。サンタクロースも、赤い服も白いひげも、みんな宣伝用さ。ファーザー・クリスマスはもっと古いんだ。すごーく古いんだぞ」デイヴィドは、精いっぱい恐ろしげな声を出した。「大むかしだ。そのころの人はまだイエス・キリストのことを知らなかったし、クリスマスだって祝わなかったんだ」

「じゃあ、どうしてファーザー・クリスマスっていうのさ？」ケニーがきいた。

「はじめからそう呼ばれてたわけじゃないんだ。ファーザー・クリスマスって呼ばれるようになったのは、みんながキリストのことを信じるようになって、クリスマスを祝いだしてからさ。それまでは……」デイヴィドは、まえの日に新聞で読んだばかりの、クリスマスの習慣をめぐる特集記事をなんとか思いだそうとした。「……ウォータンと呼ばれてた」

　もうケニーはすっかりデイヴィドの話に心を奪われていた。「ウォータン？」

「そうだ。死んだ人たちの神さま、ウォータンだ！」

「死んだ人？」ケニーはおそるおそるいった。幽霊や骸骨が怖く、この手の話は苦手なのだ。

「ああ。でもウォータンにも、いい面はあるんだよ……」デイヴィドは次にいうことを探した。あの記事はきちんと読まなかったし、内容もむずかしくてよくわかってはいなかった。「つまり、ウォータンに幸せにしてもらう人間もいたんだって。だけどいつもいいことばかりしてたわけじゃないんだ。死んだ人たちの神さまなんだから！　死人たちといっしょに地面の下で暮らしてて、夜になると、そう、月のない真っ暗な夜になると……」

「黙れ！」ケニーが叫んだ。「そんなこと、いっちゃだめだ。にいちゃんはぼくを怖がらせようとしてんだな！」

「弱虫！」デイヴィドがいいかえした。「いいか。暗い、真っ暗な夜に、風がヒューヒュー吹いて……」

「ママにいいつけてやる、にいちゃんに脅かされたって！」

「そうかよ、おまえをぶっていじめたっていうみたいにか？　ウォータンはな、闇のなかを野生馬に乗ってくるんだ。血に飢えた犬たちを連れて。犬の目はぎらぎら燃えるようで……」

「黙れ！」ケニーはぶるぶる震えながら涙を浮かべ、デイヴィドに殴りかかろうとした。

デイヴィドはその手を捕まえ、そのまま放さなかった。

――このチビガキがほんとうに泣くまで、もっと脅してやろう。やめるのはそれからだ。こいつだって、あんまりうるさくするとどうなるか、思いしるだろう。

「獲物はなにか知ってるか？　ウォータンはなにを狩ると思う？　幽霊だぞ。その年に死んだ人間の迷える魂だ。そいつらがぜんぶ、泣き叫んだりすすり泣いたりしながら、ウォータンと犬たちから逃げようとして走るのさ。犬には頭がなくて、頭のところで火が燃えてるだけなんだぜ！」

ケニーはもう鼻をすすり、泣きじゃくっていた。ディヴィドに両手でつかまれたまま、小さな体を震わせていた。

「もしおまえがファーザー・クリスマスの来るのを見たいといって、ちっちゃな悪い子みたいにずっと起きてたら、来るのはそっちの、ほんとうのファーザー・クリスマスさ。ウォータンだ！　来るぞ、魂を獲りに、おまえの魂を獲りに！」

「うそ……、うそ。うそだよね、にいちゃん。うそにきまってるよね！」

ケニーは抱いてなぐさめてもらいたくて、ディヴィドに近づこうとした。だがディヴィドは弟を押しやり、あとずさりして、ケニーを部屋の真ん中で泣かせておいた。そろそろやめどきだとはわかっていた。でも歴史の教科書にされた落書きや、そのせいで味わうことになるはずの恥ずかしさ、やっとつくりあげたのに壊されてしまったプラモデルの飛行機のことなど、いままでケニーにどれほど悩まされてきたかを考えると、もう少し苦しめてやろうと思った。

「おまえ、もうベッドへ行きたいか。それもひとりで？」ディヴィドはきいた。

ケニーは泣きながら首を横に振り、涙が頬を流れおちた。

「じゃあ、ずっとここにいて、ウォータンを待つつもりか？」

またもや、ケニーは泣きじゃくった。ディヴィドはつづけていった。

「にいちゃんはウォータンを呼びだすぞ。魔法の呪文を知ってるんだ。そいつを唱えて、ウォータンを呼ぶからな」

「いやだ！　ねえ、やめて。にいちゃん、やめて！」

ケニーが走って追いかけてきたが、デイヴィドはさっと部屋を横切り、マントルピースの上の花びんから、赤い実のついたヒイラギの枝を一本ぬいた。

「このヒイラギにかけて、」デイヴィドはすがりつこうとするケニーの手をさけようと、その場でぐるぐるまわりながらいいはじめた。「常磐木の森の王よ、われ、汝を呼びだすものなり、死者たちの王ウォータンをば！」

「にいちゃん！」少しまえからティミーがふたりのまわりを飛びまわり、吠えていた。

デイヴィドは、クリスマスの飾りつけがしてある棚まで小躍りしながら行って、ヤドリギの小枝も一本取った。「このヤドリギ、真夜中の月のように白い、幽霊のように白い、死人のように白いヤドリギにかけて、このヒイラギ、血のように赤い実をつけたこのヒイラギにかけて、われ、汝を呼びだす。魂の狩人ウォータンをば！」

ティミーが飛びはねるのをやめ、座りこんで遠吠えのような声をあげた。それは音響効果としては絶妙のタイミングだった。

「この木にかけて、切りとられてもなおみずみずしいこの木にかけて、魂の狩人たちの王、死者たちの王ウォータンよ、われ、汝を呼びだすなり！」

ケニーはもうデイヴィドのあとを追ってこなかった。部屋の中央に座ってすすり泣いていた。

「ウォータンよ、来たれ！　ウォータンよ、来たれ！　ウォータンよ……！」デイヴィドは笑いすぎて、その先をつづけられなくなった。ティミーの遠吠えとケニーの泣き声とで、おかしさはさらに増しているように思えた。しかし、犬の吠え声よりも弟の泣き声よりもはるかに甲高い叫びがひと声あがったとき、デイヴィドは呪文を唱えるのも笑うのもやめて、耳をすました。

音が聞こえた。ケニーやティミーの立てる音とは違う、ひときわ高い別の音だ。ひたすらわめくだけの、ものすごい泣き声だった。怖がり、怯えているらしい。デイヴィドは、思わず逃げだしたくなった。

瞬きするかしないかのうちに、明かりが消えた。

――停電かな？　それに寒い！　ものすごく寒い！

デイヴィドが見ていたのは暗闇で、はるか遠くまでつづいていた。どこにも視界をさえぎる壁はなかった。寒さは、すきま風ではなく、何百キロも離れたところから冬の凍てつく寒さを運んでくる風によるものだった。クリスマス・ツリーはちゃんとあったが、でも、ツリーの奥にもさらに木がつづき、急に訪れた暗さのなかで黒い影を見せていた。それに、まだあの声も響いている。恐怖にかられ、わめくだけの泣き声が、大きくなったり小さくなったり……。

「デイヴィドにいちゃん！」ケニーがデイヴィドに寄りかかった。デイヴィドは弟を抱きしめると、その小さな手を探ってぎゅっと握ってやった。自分でも声がかすれているのがわかった。「心配すんな、だいじょうぶだ、ケニー」「だいじょうぶだから」

ふたりは戸外にいた。デイヴィドにはそれぐらいはわかった。黒と濃紺が入りまじった空が広がり、雲間からふいに星が冷たい光を放ちはじめた。ふたりのまわりには黒ずんだ丘が広がり、頬をこする冷たい風が、木々の間をため息とも雨ともつかない音を立てて通りすぎていく。ひときわ高く聞こえているのが、わめき泣き叫ぶ声だった。

デイヴィドは振りかえり、後ろにあるはずの我が家を探した。ケニーをなかへ入れて、玄関のドアに鍵をかけるつもりだった。でも、家はどこにもなかった。目をこらして暗闇をのぞいても、黒い木々が見えるだけだ。明かりはなく、かろうじて星の光が見える。車の音も聞こえない。聞こえるのは、木々を震わせながら吹きぬけていく風の音と、あの泣き声だけだ。

泣き声はさらに大きくなっている。ケニーをつかんで自分の後ろへやり、背中でかばいながら、デイヴィドはその声のほうを向いた。と、空にうごめくものがあった。腕や首を振りまわしているたくさんの人影だ。それがあっという間に空を横切り、地上におりてきたかと思うと、そのまま走りだした。後ろを振りむくこともなく、ただ前方だけを見つめ、走っている。口を大きく開け、わめいているようだが、ことばになっていない。恐ろしさのあまり、ただうめき声をもらしているだけのようだった。

そしてその背後からは……。魂の狩人と頭のない犬の一団がやってきた。光が揺らめき、跳びはねながら雲に触れ、次々と木を照らしてくる。その光は疾走してくる猟犬の頭で燃えている火だった。狩人たちが乗っているのは馬ではなかった。馬なら、夜空に黒くそびえる枝角をのせているわけがない。牡鹿、黒い牡鹿だった。

デイヴィドは、ケニーの手をぎゅっと握りしめて走った。弟はデイヴィドについてくるのがやっとで、のろのろとしか進まない。デイヴィドは振りむき、弟を両腕で抱きあげて、また走ろうとした。なにがなんだかわけがわからなかった。こんなところにいるはずがないのだ。こんなに暗くて寒いところで、鉛のように重い足と、いまにもとまりそうにふくれた心臓で走ろうとしているはずが……。でも、実際にはそうしているのだった。デイヴィドは弟をずっと抱いていかなければならなかった。うめき声や泣き声をあげながら走る人びとがふたりを追いこしていく。だれひとり、あたりを見まわそうとしなかったし、ただ走ることしか考えていないようだった。助けを求める叫びではなく、苦痛の叫びをあげて。これは現実ではない。こんな人たちとここにいるはずはないんだ、とデイヴィドは思った。だが、人びとはいた。確かにいた。だから、走るほかなかった。後ろからあれが来るのだから。

四方であがる叫び声が大きくなり、まえよりもっと耳をつんざく、せっぱつまった声になった。追っ手の正体はなんなのかも、だれなのかもわからない。かれらは自由自在に向きを変え、手近な相手に襲いかかった。デイヴィドが振りかえると、自分の上にのしかかろうとしている黒い巨体が見えた。頭には枝の張った木が生えているようで、赤い目をぎょろつかせているし、それに乗った黒い影も見える。その黒い影は、手を伸ばし……。

デイヴィドは金切り声をあげ、顔をそむけた。さっきより速く走ろうとすると、心臓がふくれ上がるのがわかった。と、そのとき、両腕の重みが消えた。ケニーがいなくなったのだ。両腕をぱっと広げて振りかえると、後ろに黒くそびえ立っている人影が見えた。そのあと、いきなり光が揺らめき、ケニーの姿が浮かびあがった。死んだようにぐったりし、鞍の前に水筒のようにぶらさげられていた。デイヴィドはわめきながら手を伸ばして弟をつかもうとしたが、黒い人影は前に突き進み、消えてしまった。狩人たちがわきを通りすぎ、捕らえられた人たちのかすかな泣き声を追って流れるように闇のなかへ入っていってしまった。

デイヴィドは、暗闇と急に襲ってきた静けさのなかに立っていた。気が変になりそうで、思わず両手で頭を抱えこんだ。逃げこめるところはないかとあたりを見まわしたが、なにもなかった。あったとしてもケニーを見捨てては行かれやしない。そう思って走りつづけた。でこぼこの地面でつまずいたり足首をくじいたり、ばたりと倒れては打ち身を負ったり骨をぎしぎしいわせたりしたが、立ち上がるとまた、狩人たちと捕らえられた人たちのかすかな泣き声を追って走った。

狩人たちの立てる物音は聞こえなくなり、あたりは真っ暗だった。人家の明かりひとつ見えないこんなに闇が濃いところでは、うっかり足を踏みだすこともできない。聞こえるのは、見えない木の間をヒューヒュー吹きぬける風の音だけだ。デイヴィドは立ちどまった。どうにか転ばずにすんだが、ずっとこの場所に立っているわけにはいかないだろう。どちらを向いても明かりは見えなかった。なにもかもがとても奇妙で、明かりがまた見えるようになるのかも、わからない。「なにが起きたんだ?」と、声に出してみた。ほんとうは大声で叫びたかったが、どんな魔物が聞いているかもしれないと思って、ささやいただけだった。

なんとか歩きつづけていると、イバラのしげみに入りこんでいた。うろたえてぬけ出そうともがいているうちに、腕や顔が傷だらけになった。かたい枝に何度も頭をぶつけてよろめき、両膝をぶつけ、両方の手のひらをすりむいた。みじめそのものだった。

けれども、前方を見ると空がかすかに赤くなっていた。火が燃えているのだ。炎が揺らめくと、それに合わせて明るくなったり暗くなったりしている。デイヴィドはひと安心し、うれしくなって明かりをめざした。だが明かりに気をとられ、まえよりもっと転んだり木にぶつかったりした。それでも少しずつ明かりに近づいた。火元から火花がパチパチ勢いよく上がって闇に吸いこまれるのが見えたし、暖かさが風にのって運ばれてくるのさえ感じられた。

やがて小さな丘のてっぺんに着いた。木が燃えるにおいがし、パチパチいう音がする。下を見ると、風の来ないくぼ地で、焚き火の赤や黄色の炎が飛びはねていた。そのまわりでは、いくつもの黒い影がうごめき、叫んでいた。歌っている者さえいた。それはまぎれもなくあの狩人たちの一団だった。

デイヴィドは焚き火から少し距離をおきながらくぼ地をぐるっとまわった。焚き火に近づいたというのに、かえって寒さはきびしくなった。ウォータンが王座に着いているのが見えた。背が高く肩幅の広い男で、緑の服を着ている。黒髪の頭に、赤い実のついた緑のヒイラギの冠をかぶり、うず高く積まれた狩りの獲物の上に座っている。獲物は鹿や小鳥、キツネ、野ウサギで、男に女に子どもたちまでいた。狩猟隊の犬が何頭も王のまわりに集まっている。その犬たちは幽霊犬で、頭がなくて頭のところで火が燃えている犬もいれば、頭があって大きな口を開け牙をのぞかせている犬もいた。

くぼ地へくだりきると、デイヴィドは獲物を積みあげた王座に向かった。怖くてのろのろとしか進めなかった。両足の傷からは血がしたたり、乱れた髪の毛が風で頬にピシピシあたった。

近づくと、ウォータンは向きを変えてデイヴィドを見た。風で燃えあがった焚き火の炎で、その顔が照らしだされた。目が片方しかなかった。

ウォータンの足もとのぐにゃっとした山のなかに、ケニーの姿が見えた。デイヴィドは前へ出てケニーに触わろうとした。すると幽霊犬たちがそわそわ動き、背中の毛を逆立ててうなった。デイヴィドは犬のなかではとりわけ、頭で火が燃えている犬が怖かった。

デイヴィドは、地面のでこぼこにつまずいて転んだ。そのひょうしに、またもや膝をひどく打った。猟犬たちがびくっと動き、うなると、炎の頭をもつ犬たちが向かってきた。デイヴィドは炎になめられないようにあとずさりした。だが、猟犬たちは主人に目を向けた。そして、デイヴィドを襲いたそうにうなり声をあげ、興奮して尻を浮かせて命令を待っていた。

ケニーが顔をこちらに向けた。デイヴィドがふだん見かけるのは枕の上で横になっている姿だが、いまは冷たい地面に頬をつけている。なぜか唇にもあごにも、チョコレートかブラックベリーを食べたみたいな黒いものがついている。そのとき、その黒いものが地面にたまっていることに気づいた。猟犬の一匹がそこに鼻先を突っこみ、なめたので、それが血だとわかった。デイヴィドは体を震わせ、泣きだした。

「ありえない。こんなのありえないよ」とデイヴィドはいってみたものの、膝に切り傷をつくったかちかちの地面はほんものだった。体をしめつけられるような寒さもほんものだった。

焚き火のかげになった場所で、なにかが動いた。デイヴィドは思わずたじろいだ。動いたのはウォータンだった。王座から身をのりだすと、冠のヒイラギの実が焚き火の明かりを受けて真っ赤に輝いた。ウォータンは、見ろとでもいうようにデイヴィドの前に片方の手を広げた。大きく分厚い手が王座の足もとの地面に生えている小さな若木をおおい、軽くなでた。葉のない、はだかの若木は冬に耐えて、気候がよくなるのを待っているのだ。

デイヴィドは、若木からウォータンの顔に視線を移した。片目がぎらぎらし、もう片方の黒く見えるくぼみには、まぶたがだらんとさがっていた。デイヴィドがもう一度若木を見たときには、ウォータンはそれをぎゅっと握りしめて、引っぱっていた。若木は軽々と地面から引きぬかれた。ウォータンは強かった。この凍てついた地面からひと息に木を引きぬくほどの力があった。若木の根に引きずられて、なにかが地面から上がってきた。デイヴィドが目をこらして見ると、頭蓋骨だった。若木の根が頭蓋骨の目に深く入りこんでいた。

「これを見ろ。死はまた生となる。これなら理屈に合っているだろう」ウォータンがいった。

「でも、ケニーはまだ小さい。ぼくだって、そんなつもりじゃなかったんだ！　ぼくの弟なんだし……」

ウォータンは手を下に伸ばしてケニーの襟首をつかむと、密猟者がウサギの死骸をぶらさげるように、高く持ちあげた。

「おまえは、こいつの代わりに別のものの命を獲れというのか？」ウォータンはデイヴィドのほうにのりだしてきた。黒いひげの間から黄色い歯を見せてにやにやし、見えないほうの目でデイヴィドをうかがっているようだった。「どいつを身代わりにというのだ？　おまえか？」

デイヴィドは膝をついたまま、震えていた。「いいえ」ということばしか浮かんでこないが、ウォータンがこのまま黙っていたら、自分が「はい」ということはわかっていた。ケニーを見殺しにすることは、できない。

ウォータンはなおもにんまりしている。

「おまえが家にもどったとき、最初に出迎えたものの命をさしだすと、誓え」

「ぼくが……家にもどったとき？」

ウォータンはケニーをぶらさげていた。

「命には命だ。この子どもの身代わりとして、おまえがもどったとき最初に出迎えたものの命をもらうことにしよう。おまえは、進んで受けいれるな？」

「最初に……」デイヴィドはどういうことか必死になって考えたが、ふいにはっきりと頭のなかに、ある光景が浮かんだ。小犬のティミーが、夢中で吠えながら自分を迎えに飛んでくるところだ。デイヴィドの家に預けられてから、毎日繰りかえされてきたものだった。

「はい！　受けいれます、もちろん！」

ウォータンは立ち上がると、ケニーのわきの下を持ってデイヴィドの腕のなかに落とした。デイヴィドは重たい弟をぎゅっと抱きしめた。ケニーは温かかった。デイヴィドの肩に頭をもたせかけ、セーターに血をこすりつけたが、鼻血を出しているだけで、けがをしているようすはなかった。

ウォータンは焚き火に歩みより、燃えている薪を一本取った。金色に燃えあがる炎が、黒髪と冠の真紅と緑を照らしだし、目の穴を闇に、ひだのある緑の服を夏の木の葉のようなあざやかな色に染めた。

「最初におまえを出迎えたものだぞ」ウォータンは念を押した。

デイヴィドの視界が急に壁にさえぎられた。そこにはクリスマス・ツリーがあった。四方を壁に囲まれ、プラスティックのつららがスタンドの電球で輝いている。室内の暖かさはむっとするほどで、冷えきったデイヴィドには自分の体が急に石のようにかたく感じられた。

――ぞくぞくする！　体が冷えきっている。ケニーは重くて、腕がぬけそうだ。顔も血まみれだし、ぼくの膝の傷も痛い。雪がとけて髪から首筋へぽたぽた落ちてくる。どれもほんとのことだ。だから、約束も守らなければ。犬のやつ、いったいどこへ行ったんだ？

デイヴィドはかがんで、眠っている弟を横向きに長椅子に寝かした。弟の体の下から自分の腕を引きぬいたとき、母親の声がした。

「おかえり！　あんたたち、どこへ行ってたの？」

デイヴィドは体を起こして振りむいたが、だれもいなかった。気のせいだ、たぶん空耳だったのだ、と思った。でも、さっきは閉まっていた玄関ホールに通じるドアが開いていて、そのすきまから、ティミーが入ってきた。両目には長い毛がかぶさり、短いしっぽを振っている。
デイヴィドは、体じゅうの関節がこわばりなにも考えられないまま、眠っているケニーをそこに残し、玄関ホールから廊下を通って台所へ入った。人影が動くのを見て、胸がドキンとした。目の焦点が定まり、それが母親の背中だとわかった。ガスレンジに点火しようとしていた。ゆるやかにひだをとった薄地のパーティー・ドレスが、ふんわり体をおおっている。

デイヴィドはなにもいえなかった。

——さっきのは母さんの声だったんだ。最初にぼくを出迎えたのは、母さんだったんだ。

母親は振りむき、デイヴィドを見てにっこりした。「紅茶かコーヒーはどう?」デイヴィドは返事につまった。母親が向きを変え、やかんに手を伸ばすのをじっと見ていた。ふわっとしたドレスの袖が炎をかすめ、炎になめられるのを。

母親がはじめにあげたのは、恐怖というより驚きの叫び声だった。やかんが大きく宙を舞い、カーンと大きな音を立てて流しに落ちた。母親は腕をぴしゃぴしゃ叩き、炎を叩き消そうとしたが、炎は袖を上へ上へとのぼっていき、髪の毛に燃えうつった。

その場に立ちすくんだまま、母親が自分の頭を叩くのをデイヴィドは見ていた。その動きでふわっとしたドレスがひるがえり、ドレスにまで火が移るのを。

「助けて！　助けて！」

すぐにデイヴィドは走りよったが、炎のあまりの熱さにびっくりして、立ちすくんでしまった。流しで水をくみたいのに、母親を包んでいる炎のせいで、そこまで行かれなかった。いまや母親は耳をつんざくような悲鳴をあげている。デイヴィドはその声に打ちのめされ、震えがとまらなくなった。

食卓の上に牛乳びんがあった。それをつかむと、母親めがけて牛乳をかけた。でも、牛乳はほとんど母親にはかからなかった。

母親は燃えながら倒れ、流し台から離れた。デイヴィドは流しへ飛びだして水道の蛇口をひねると、水切り台から大きな水差しをひっつかんだ。でも、なんてことだ！　水差しに水をためている間も、母親は燃えていた。

床に倒れた母親は、ごろごろと転げまわった。それで、炎がいくらか消えた。デイヴィドは母親に水をザーッとかけると、水差しを持ったまま、走って食卓をまわった。通りすがりに戸口をふさいでいたなにかをぐいと押した。電話のところに着いたとき、そのなにかが、なにもいえずにただ目を見開いているケニーだと気づいた。デイヴィドは救急車を呼んだ。

クリスマスの日の夜が明けた。デイヴィドはケニーを抱きしめたまま、隣の家の見慣れない部屋の見慣れないベッドに横になって、強まる風の音を聞いていた。風は屋根裏でうなり、窓を打った。家に入りこんで、食器戸棚の扉をガタガタ鳴らした。その風の音をぬって、それよりもっと大きく、ずっとむかしに切りたおされた森の木々がざわめき、ため息をつく音がした。それは雨音か、遠くで走る足音だったのかもしれない。窓にドンとぶつかる音がしたが、こぶしで殴った音だったのかもしれない。泣きわめく声がしたが、あれは母親のものだったのだろうか。そしてあの叫び声は……。あたりをはばからぬ怯えた泣き声、走る人たちの、追ってくるものから逃げるときのあの叫び声も聞こえた。

階下で電話が鳴った。デイヴィッドには、なんの知らせか、もうわかっていた。

暗い雲におおわれて

ロバート・スウィンデルズ　作
高橋朱美　訳

ショーウインドウの華やかな飾りつけを見ながら大通りをぶらぶら歩いた。あと二週間でクリスマスだ。去年のいまごろはもう、クリスマスが近づいてくるときのあのなんともいえないときめきを感じはじめていたのに、今年は違う。通りは色とりどりのイルミネーションで飾られ、店も少なくとも例年どおり明るくきらめいている。それなのに、わたしの心はいっこうにはずまない。

もちろん、お母さんのことがあるからだ。

去年のいまごろ、お母さんはまだそれまでと変わりなく、いつも忙しそうに飛びまわっていた。いろいろな集まりや絵画教室、夜のホーム・パーティーや募金のための朝のコーヒー・パーティーと。電話もしょっちゅうかかってきた。暇そうにしているときはまったくなく、一日が二十四時間では足りなそうだった。五分以上ゆっくり座っていたのは、三か月まえまでは、淡い色合いの水彩画に取りくんでいるときだけだったような気がする。

ところが、九月のはじめ、お母さんは病気になった。突然だった。まえの日には、いつものとおり元気にかけまわっていたのに、その翌日には全身の力がぬけて、寝室とバスルームとの間を往復するのがやっとになってしまった。ウィルス性の病気だとお医者さんはいった。二週間、長くても三週間で治るだろうといわれたが、九月、十月と過ぎ、十一月になってもよくならなかった。お父さんが大きな病院の専門医のところへ連れていって、ありとあらゆる検査をしてもらった。悪いところは見つからなかった。でも、どこかが悪いのだ。病名はつかなかったが、どこかが。

いまではめったに二階からおりてこないし、外へはまったく出ない。ほとんど一日中眠っていて、起きているときでも、目をつぶって枕にもたれ、ラジオを聴いている。なにか読もうとすることはあるけど、読みだすと吐き気がするらしい。もちろん、絵も描けなくなった。まるで別人になってしまったのだ。わたしは、それが怖かったし、いいようもなく悲しかった。だから、まえなら飛ぶように帰っていたのに、いまは道草をしている。もうすぐクリスマスだというのに心もはずまない。

帰り道の大通りのはずれに画廊がある。ショーウインドウには、額に入った名画の複製や地元の画家の絵が並べられている。このごろはいつも、そこで足をとめてショーウインドウをのぞきこむ。今日も立ちどまり、ほこりをかぶったガラス越しに十数枚の絵をじっくりと見た。ここには、クリスマスのぴかぴか光るモールはなかった。飾りもののヒイラギや雪も。絵はいつも見ているものとほとんど変わらず、実際どれもみんな見たことがあった。ただ一枚をのぞいては。

その新しい絵が目に入ったとたん、わたしは息をのんだ。お母さんが好きな水彩画だった。胸がしめつけられるように痛くなり、その痛みは喉もとまで広がった。一瞬、涙がこぼれそうだった。

絵の大部分を空が占めていた。それにしても、なんという空だ！　全体が雲におおわれ、強風に傷めつけられて、あざだらけに見える。絵の下のほう三分の一ぐらいには、立ち木一本ない荒れ野がぼんやりと描かれている。風が雲を吹き飛ばしてずたずたにし、荒れ野に撒いているようだった。絵をじっと見ているうちに、ふと風が吹いた気がした。風のうなるこの荒れ野の真ん中にしばらくひとりで立っているところを想像して、思わずぞくっとした。それなのになぜか、お母さんがこれを見たら欲しがるだろうな、と思った。

一瞬、胸が高鳴った。この絵を買って茶色の包み紙に包んでもらって、クリスマスの朝まで部屋に隠しておいて……。お母さんの顔が目に浮かんだ。わたしとおなじように息をのむのも聞こえた。きっと喜んでくれるだろう。たとえ少しの間でも、ふたりとも幸せになれるのだ。

けれども、値札を見て悲しくなった。九十ポンドなんて持っていない。がっかりして、目の奥がじんとした。お父さんだってそんなお金は持っていない。少なくとも、絵を買うための九十ポンドは。たぶんこれは複製画ではない。だから、この値段なんだ。でも……。

こんなことを考えていても、いったいなんになるのだろう。やっとの思いでその絵から目をそらすと、ショーウインドウに背を向けて歩きだした。こんなのないよ、とわたしは思った。具合の悪いお母さんがクリスマスにあの絵を見たら、ほんの少しでも喜んでくれたかもしれない。あの絵を欲しがるのは、そんなに無茶なことなのだろうか？

次の交差点の角に、コーヒーショップがある。いままで一度も入ったことがなかったが、衝動的に店のガラスのドアを押した。自分が道草をしていることがわかっていたので、気がとがめた。お父さんの暗い表情や、病気の放つかすかなにおい、それに病人を負かしてしまいそうな重苦しい空気がしみついてしまった家に帰りたくなかった。

お金を払ってコーヒーを受けとり、すみのテーブルへ持っていった。店にはカウンターのなかにいるウェイトレスのほかにはだれもいなかった。座ってカップを両手で包むように持ち、さっきの絵のことやお母さんのことを考えた。すっかり動揺していたので、自分が泣いていたことにも、客がひとり入ってきてこちらに近づいてきたことにも気がつかなかった。肩にそっと腕をまわされて、はっとした。

「あら、あら、いったいどうしたの？」

声をかけてくれたのは、白髪まじりの短い髪のさっそうとした中年の女の人だった。

「あっ、すみません」わたしはティッシュがないかとポケットのなかを探った。「わたし、自分が泣いてたなんて、気がつかなかったんです。もうだいじょうぶです」

「ほんとに？」女の人は腰をおろした。「コーヒーをもう一杯いかが？」

「いえ、けっこうです。ほんとにだいじょうぶです。ちょっと気がめいってしまって。ただそれだけなんです」

その人はわたしをじっと見て、いった。

「話すと楽になることもあるのよ。知らない人にでもね。わたしにぜんぶ話してみたら？」

わたしは話したくなかったし、話すとどう楽になるのかもわからなかった。でも、穏やかな声と思いやりのある目につられて、五分もすると、すべてを話してしまっていた。

わたしの目をのぞきこみながら、その人はたずねた。

「それで、いまはどんな気持ち？」

わたしはかすかに微笑んで、「ちょっとだけ気が楽になりました」といった。自分でもびっくりしたが、ほんとうだった。

「ほらね。やっぱりそうでしょ？　どんなにひどい心配ごとでも、だれかに話すと気が楽になるものよ」その人はにっこり笑っていった。「お母さんは必ずまた元気になるわ、ローラ」

わたしは、その人をまじまじと見つめた。

「どうしてそんなふうにいえるんですか？」

「わたしを信じなさい」

その人は、ウェイトレスに合図して、コーヒーをふたつ注文した。そのあとはなにもいわなかったが、コーヒーが運ばれてくると、また話しはじめた。

「わかるわ、ローラ。いまは、そんなことあるはずないって気がするんでしょ。でもね、雲は風で吹き飛ばされるわ。そういうものよ。わたしたちがしなければならないのは、太陽がまた顔を出すまで頑張りとおすことなの」その人は微笑んだ。「さあ、コーヒーを召しあがれ」

わたしはうなずいて、カップを取った。この人はすごい人だ。雲と太陽をたとえにして話をするとは。あのすてきな絵のことで、わたしの頭がいっぱいなことをわかってくれているようだった。

わたしたちは黙ってコーヒーを少しずつ飲んだ。お互いにもう話すことはなさそうだった。

しばらくして、女の人が「お先に」と席を立った。

「話を聞いてくださってありがとうございました。とっても気持ちが軽くなりました。ほんとうです」

「わかってるわ。さよなら、ローラ。忘れないでね。太陽が顔を出すのを待つのよ」

*

「どこへ行ってたんだ?」家に着くと、お父さんにきびしい口調できかれた。「五時二十分だぞ」

台所でなにかを炒めているらしい。つんと鼻をつく青白い煙がもうもうと上がっていて、気分が悪くなった。

「別に。お店を見てたの」

「なあ、ローラ。まっすぐ帰ってきてもらいたいんだけどな。うちにはやらなきゃならないことが山ほどあるんだ。お父さんには仕事があるし、お母さんは……あんなふうだし」

「わかってる。いつもはちゃんと、まっすぐ帰ってくるでしょ。こんなのは今日だけ。クリスマスの飾りとかいろいろ見たかったの。お母さん、今日はどう?」

お父さんはため息をついた。

「あいかわらずさ。いい子だから、そばにいてあげなさい。用意ができたら呼ぶから」

「おなか、すいてない。ごめんね、お父さん。さっき、ちょっと食べちゃったの」

お父さんはフライ返しをせっせと動かしながら、肩をすくめた。

「お好きなように。十一歳というのはおかしな年ごろだっていうからな。おまえも太ってきたとか、なにかそんなことでも考えてるんだろ」

二階に行くと、お母さんは枕にもたれ、食事を終えるところだった。こっちを見てにっこりした。

「おかえりなさい、ローラ。学校は楽しかった？」

わたしは苦笑いしていった。

「学校が楽しかったことなんて、お母さんにはあったの？」

お母さんはくすくす笑った。

「そうね、なかったと思うわ、あのころは。でも、いま振りかえるとはじめて、なにもかもがとても楽しかったような気がするのよね」

「それじゃ、わたしも、いつかはそう思えるのね。いまはそれしかいえないね」

お母さんは穏やかに微笑んだ。

「そのときには、わたしみたいにベッドの上で振りかえる、なんてことにならないといいわね」

「そんな！　わたし、そんなつもりじゃ……」

「わかってるわよ、ローラ。わたしがいいたいのはね、毎日が速く過ぎてしまえばいいなんて思って欲しくないってこと。いまこの時を楽しみなさい。将来なにが起こるか、だれにもわからないんだから」

＊

その夜、わたしはベッドで丸くなって、お母さんのいったことを考えた。いまを楽しみなさい、か。でも、それが問題なんだ。わたしにはできない。頭にはいつも、お母さんのことが引っかかっているんだから。病気のこと、思いどおりにならない人生のこと。そしてそのせいで、なにもかもがめちゃめちゃになっている。もちろん、病気なのはお母さんでわたしじゃないことも、こんなことというのはわがままだってこともわかってる。でもわたしの生活までおかしくなっているから、ときにはつい、不幸せなのはわたしだって思ってしまうのだ。

寝返りをうって枕に顔をうずめ、わたしは声をあげずに泣いた。寝つく間際に、あの絵の、荒々しい風に傷めつけられた空が目に浮かんだ。それから「太陽が顔を出すのを待つのよ」とつぶやく声も頭のなかで聞こえた。

＊

次の日わたしは、学校でなにもする気になれなかった。みんなは新しいクリスマス・ソングを習い、劇のリハーサルをしてクリスマス会の準備をしていた。でもわたしは、どうしてもその雰囲気にとけこめなかった。昨日の絵のことやあの女の人のことばをずっと考えていた。ふと気がつくと、「わたしは待っている。太陽が顔を出すのを待っている」とつぶやいているとが何度かあった。ふだんはひとりごとなどいったことがないから、頭がおかしくなっているのかもしれないと思った。そのうえ、休み時間には、なかよしのサンドラ・ロビンソンにお母さんの具合をきかれて、わっと泣きだしてしまった。

午後は長かったが、それでもやっと三時半になった。学校を出ると、サンドラに会わないように回り道をした。画廊に寄りたかったので、だれにも邪魔されたくなかったのだ。どうしてなのか自分でもわからなかった。わかっていたのは、一日中ずっとあの絵のことを考え、まだショーウインドウにあるようにと祈っていた、ということだけだった。

画廊に着いたとき、あたりは買い物客であふれていたが、わたしはまったく気にならなかった。ショーウインドウの前に立って、ガラスに反射する光をさえぎるために両手をかざした。

絵はあった。荒れ野に吹きすさぶ風とあの空が描かれ、なぜか頭にこびりついて離れなかったあの絵が。昨日とおなじように胸が痛くなり、涙がこみあげてきた。

「ああ、お母さん！　わたし、やっぱり……」

わたしは絵をさらによく見た。昨日、細かいところまでぜんぶ見たつもりだったのに、いま、あることに気づいた。雲の部分に、光がほのかに赤く広がっているように見えるところがある。

まるで黒っぽい水蒸気のかたまりの向こうに太陽が輝いているみたいで、とても印象的だ。これとそっくりの空を見た記憶があった。この赤い光は、もちろん昨日もあったはずだ。ただ気がつかなかっただけだろう。でも、どうしてだろう？　間違いなくここは絵の中心、いちばん大切な部分。見落とすはずはないのに。

息でショーウインドウのガラスが丸く曇った。やがて足もとが冷えてきて、はっと我に返った。腕時計を見ると、四時二十分だった。お父さんが帰っていたら、またお小言だ。わたしは夕方の人ごみをぬって、大急ぎで歩きだした。コーヒーショップの前を通ったとき、窓越しに明るい店のなかをちらっとのぞいた。でも、あの女の人がいなかったので、なんとなくがっかりした。

家に着くと、お父さんはまだ帰ってなかった。二階のお母さんの部屋にちょっと顔を出し、急いで夕食をつくりはじめた。少なくとも、今日は青白い煙は上がらない。そんなことを考えると思わず口もとがほころんで、自分でも驚いた。鼻歌を歌いながらパスタをお湯に放りこみ、サラダにする野菜を刻んだ。途中でお父さんが帰ってきて、こっちを向いてにこっとした。お父さんも今日は機嫌がいいみたい……。ティーカップで酢と油を混ぜながら考えた。もしかしたら、わたしもやっぱりクリスマス気分を味わいはじめてるのかもしれない。今年はちょっと遅かったけど、それでもクリスマスまでにはまだ何日かある。

その夜は、昨日より少しよく眠れた。夢のなかではまたもや風に傷めつけられた空が見え、太陽の話をする女の人の声が聞こえてきた。

*

朝は、いつもおなじことの繰りかえしだ。

七時。

起きて、顔を洗い、着替えをする。お母さんの顔を見にいって、陽気に振るまう。台所に行くと、お父さんが朝食をすませて仕事に出かけるところだ。

「お父さん、おはよう」

「ああ、おはよう。お母さんの朝ごはん、たのんだぞ」

「うん」

「それから、出かけるまえに皿を洗っておけよ。昨日帰ってきたら、まるで豚小屋みたいだったぞ」

「はい」

「それと、帰りにスーパーに寄ってきてくれ。パンがなくなりそうだ」

「わかった」

「忘れないように、メモしておいたほうがいいぞ」

「うん」

「それからな、ローラ……」

「なあに？　お父さん」

「朝ぐらい、笑顔を見せてくれないか？　おまえが憂鬱そうな顔をしてなくても、うちはじゅうぶん暗いんだから」

「ごめん、気をつける」

「まあ、いいさ。ほら、さっさとしないと、また学校に遅れるぞ」

「はい」

「それじゃあ、行ってくるから」

「いってらっしゃい！」

八時半。

「じゃあ、もう行くね、お母さん」

「ローラ、ティッシュは持った？」

「うん、持ったよ」

「お昼のお金は？」

「持った」

「スーパーで買い物するお金は？」

「持った」

「お父さんに叱られないように、台所をきちんと片づけたわね。ぶつぶついわれるの、わかってるでしょ」

「うん」

「出かけるまえに、スイッチがぜんぶ切ってあるか確かめてね。それと、パンを買うの、忘れないように」

「わかってる」

「いってらっしゃい、気をつけてね」

「お母さんもね。じゃあ、いってきます」

*

その日の午後三時四十分、スーパーは、夢中で買い物をする客でごったがえしていた。どの人も、スピーカーから流れるクリスマス・ソングで頭がぼうっとなり、クリスマスの準備に大忙しだ。ビニールのトナカイの飾りが並んでいる棚とチョコレートのサンタクロースの棚の間を、まわりの迷惑などまるで考えずに、品物であふれたカートを押して行ったり来たりしていた。わたしは、パンとお母さんのための黄色いマーガレットの花束を手に、レジでお金を払って店を出た。

暗くなりかけた道を大急ぎで画廊に向かった。買い物袋が絶えず足にぶつかる。花がだめにならなければいいなと思ったが、気が急いた。画廊に着くと、袋を足の間にはさんでショーウインドウをのぞきこんだ。

やっぱり！　あの絵の雲間に、明るい部分がたしかに表現されていた。わたしの思いこみではなかった。昨日のように手をかざし、絵をまじまじと見た。それどころか……まえより明るくなっている。こんなにはっきりしてるのなら、見逃すはずはなかった。明るさが増して、範囲も広くなっている。左のほうの空はあきらかに輝くように赤くなって、いまにも日がさしてきそうだ。まえはもっと暗かった。あのときの雲は怒りに満ちた表情で、まるでもう太陽は現われない、太陽は死んだとでもいおうとしてるみたいだった。それなのに、どうして……？

わたしはぐっと息をのんで、首を横に振った。変わるはずがないのに、この絵は変化している。しかも二度も。時計の短い針みたいにゆっくりと変わりつづけているのなら、この目で確かめてみたかった。でも、もう帰らなければ。腕時計をちらっと見ると、四時五分だった。明日また来るしかない。

＊

　家にもどると、お父さんの車がないのにオーブンがついていた。おかしいな、お父さんが一度帰ってきて、また出かけたのだろうか？　オーブンを開けてみると、おいしそうなにおいが広がって、なかにはキャセロールのなべが入っていた。お父さんにしてはなかなか頑張ったものだ。買ってきたものを袋から出し、花を花びんにさして二階へ持っていった。部屋に入ると、お母さんが横になったままこっちを向いて、微笑んだ。

「あら、おかえりなさい！」

「ただいま。これ、お母さんに買ってきたよ。お父さんはどこ？」

「まあ、きれいなお花。ありがとう。よく見えるようにここに置いてちょうだい。お父さんなら、まだ帰ってないわ」

「でも、オーブンにおいしそうなものが入ってるよ。もうすぐ、できあがりそう。いったい、だれが……？」

　お母さんが声をあげて笑った。

「わたしよ、ローラ。お母さんがつくってるの。チキン・キャセロールよ」

「お母さんが？」

「そう。今日の午後、とっても調子がよくて……急に体じゅうに力がわいてきたような気がしてね。だから、つくってみたの。うれしいでしょ？」

「うれしい？」わたしは腰をかがめて、お母さんに抱きついた。「うれしいなんてもんじゃないよ、お母さん。めちゃくちゃうれしくて、どうかなっちゃいそう！　お父さんもわたしも、お母さんがベッドから出て元気に動きまわるところなんて、もう見られないんじゃないかと思いはじめてたんだもん」わたしは、立ち上がってつづけた。「それで、いまは気分どう？」

お母さんは肩をすくめた。「ちょっと疲れた。でも、とってもうれしいわ」お母さんはくすっと笑った。「ローラみたいに、どうかなりそうなくらいってわけじゃないけど……でも、明日にはそうなるかもしれないわね。体のなかに元気のもとみたいなのがあるのは確かよ。いまは、それを大事に育ててるところ」

その夜は、文句なく九月以来最高の夜だった。台所でほんの少し家事をしたことで、お母さんはすごく意欲的になっていたし、お父さんもそれを聞いて元気を取りもどした。わたしは数か月ぶりに幸せな気分でベッドに入った。

静かに横になりながら、コーヒーショップで会った女の人のことばを思いだして微笑んだ。わたしたちがしなければならないのは、太陽がまた顔を出すまで頑張りとおすこと、か。どういう人かはわからないけど、あの人のいったとおりだ。わたしはずっと頑張ってきた、ほんとうに。そして今夜、太陽はたしかに顔を出した。でも困ったことに、あの人のことを思いだすと、どうしてもあの絵のことを考えはじめてしまう。そうなるともう、頭から離れなくなってしまうのだ。

水彩画が変わるわけはない。それなのに、あのショーウィンドウの真ん前に立つと、絵は絶対にまえのものと違って見える。でもやっぱり、わたしの見間違えだろうか？　確かにあの人は雲と太陽の話をしたけれど、それはわたしがその絵の話をしたからかもしれない。話したかどうかさえ、思いだせない。でも、たぶん話したんだろう。そうでなきゃ、あの人に超能力があるとしか説明できない。わたしは超能力なんて信じていないし、魔法の絵があることも信じられない。だから、筋の通った説明をつけないと。いったいどんな……。

わたしはこの問題と格闘した。疲れて目が真っ赤になり、シーツは汗でじとっとしてくしゃくしゃになった。ようやくその答えを思いついたのは真夜中だった。

そうだ！　上半身を起こし、ベッド際のテーブルからコップを取って水をごくっと飲んだ。モネだ。わたしはフランスの画家クロード・モネを思いだした。モネの干し草の山の絵とおなじだ。いままで思いつかなかったのが不思議だった。モネは畑にあるふたつの干し草の山の絵を描いた。だけど、描いたのは一枚だけじゃなく、四枚。それとも、五枚だったか……とにかく、朝早くの干し草と、それから、日がまわって影の落ち方が変わったものとを連続して描いていった。そして、最後の絵は日が沈む間際のもの。どの絵にもおなじ干し草を描いているけど、どれも光のさし方でそれぞれに違う表現をした。

あの雲の絵もおなじことだ。何枚かがひとつづきになっていて、テレビのスローモーション画像みたいに一枚ずつ絵が変わっていく。それで、曇った一日がどんなふうに晴れていったかを表わしているんだ。

そうだ、これが答えだ！　わたしは幻を見ていたわけでも、頭がおかしくなりかけているわけでもなかったのだ。あの画廊の持ち主がだれだろうと、その人はひとつづきの雲の風景画を持っていて、一枚ずつ飾っているんだ。あした画廊で確かめてみようと思った。わたしの推理は絶対に当たっているはずだ。

わたしは横になって微笑み、いつの間にか眠ってしまった。筋の通った説明はどんなときも安らぎを与えてくれるものだ。必ずしもそれが正しいとはいえなくても。

*

次の日は、朝からいいことがたくさんあった。ぐっすり眠れたし、お母さんはお盆の上の朝食を食べながら、とても楽しそうにしていた。それに、もうあの絵のなぞも解けた。サンドラ・ロビンソンにお母さんの具合をきかれたわけではなかったけど、わたしは自分から話しだした。

「よくなったの。心配してくれてありがとう。ずっと、ずっとよくなったんだよ」と。ただそういうだけで、うれしくなった。学校はモールで飾られてきれいに見えたし、クリスマス・ソングの練習もうまく進んで、時間は飛ぶように過ぎていった。そして三時半になって学校が終わっても、道草して帰ろうなんて考えもしないのはすてきなことだ。このまま、まっすぐ家へ帰りたい。どう考えても、画廊に寄る必要はないのだ。

さんざん悩まされたあの絵を、いまさら買う気はない。そもそも買えるわけがない。でも、真夜中まで眠らずにやっと絵のなぞを解いたんだから、その答えが正しかったことを確かめてもいいはずだ。画廊で道草しても、ほんの数分しか変わらない。

三時四十分に画廊に着いた。あたりは、あいかわらず買い物客でにぎわっていた。画廊のなかにほかの客がいなければいいなと思った。ただでさえたずねづらいのに、途中で割りこんでくる人がいたら気後れしてきけなくなってしまう。これまでショーウインドウを何百回ものぞいたことがあったが、画廊のなかに入ったことは一度もなかった。ドアのガラス窓からちょっと見たくらいでは、なかのようすはよくわからない。店内はいつも薄暗かった。これで、お客さんはどうやって自分の買いたい絵を品定めできるんだろう。ショーウインドウは人を引きつける魅力があるのに、画廊そのものはまったく違って見えた。

ショーウインドウをのぞくと、やはりその絵はまた変わっていた。昨日は、真ん中から左の雲がいまにも光があふれそうに赤くて、まもなく雲間から顔を出す太陽が目に浮かぶようだった。でも、まだ日はさしていなかった。

今日、ついに日がさした。昨日とおなじ部分が燃えるように輝き、縦にひと筋、白っぽい日の光が暗い雲のなかから遠くの丘の斜面にさしている。この画家は丘を輝かせた。緑がかった金色が一センチほどさっと塗ってあるだけだ。それなのに目を奪われ、思わず引きこまれる。日光を浴びた丘の斜面を見たことがある人なら、このみごとな表現に圧倒されて、涙がこぼれそうになるだろう。

わたしは涙ぐんで、絵から目をそらした。ぐずぐずしていても、九十ポンドは持ってないんだからしかたがない。さあ、入り口の石段をのぼって、答えを確かめたらお母さんのところへ帰る。さっさとしないと。わたしは、そう自分にいいきかせた。

ところが、それが簡単ではなかった。石段の上で一瞬立ちどまり、暗いガラス窓からなかをのぞいた。お客さんがいて、なにもきかずに帰る口実を与えてくれないかと思ったりもした。

ガラス越しに見ると、画廊のなかはホラー映画にときどき出てくるような雰囲気だった。ドアを開けると錆びた呼び鈴がチンと鳴り、年老いた醜男がくすんだカーテンの奥から足を引きずって出てくる。男はいまにもゾンビか吸血鬼か宇宙人かなにかに姿を変えそうだ。出っ歯をむいてにやにやしながら近づいてくるが、逃げようにも、ドアには鍵がかかってしまった……

そんな感じだ。

なんてばかなこと考えてるんだろう！　ここは事件なんか起きたこともない町の、にぎやかな通りにあるごくふつうのちっぽけな店だ。赤毛のちょびひげを生やした二重あごのケチな小男が経営してるのかもしれない。高級な外車を乗りまわし、庭に飾るコンクリートの小人の置物を集めているようなヤツが。

それにしても、だれかがこの画廊に入っていくのを一度も見たことがない。なぜなのか不思議に思った。

わたしは深呼吸をして、ドアの取っ手をつかんで押した。ところが、錆びた呼び鈴などはなかったし、カーテンの奥から出てくる人もなかった。店の主人はすでにカウンターの向こうにいて、にこやかに笑っていた。しかもそれは、わたしにコーヒーをごちそうしてくれたあの人だった。

「あっ、こ、こんにちは。わたし……」

「ローラじゃないの」その人は微笑んだ。「とうとうあの絵を買いにきたのね」

「いえ、そうじゃないんです。このまえお話ししたように、九十ポンドもお金を持ってませんから。ききたいことがあって来ました。でも、ここがおばさんのお店だとは知らなかった」

その人は、驚いたように眉を上げた。

「わたしの店だと、なにか都合が悪いの?」

「そんなことは、ないんだけど」

「じゃあ、ききたいことって?」

「えーと、あの絵、一枚だけじゃなくて……つまりその、何枚かあるんですよね。わたし、二日くらいまえから、あの水彩画の色が変化しているように見えて。絵が変わるわけがないから、もしかしたら、わたしの頭がおかしくなってきているんじゃないかって考えてたんです」

女の人はローラを見た。

「ごめんなさい、ローラ。悪いけど、なんの話かさっぱりわからないわ。ここには何百枚も絵があるけど、雲の風景画は一枚だけよ」

「ほ、ほんとに?」

「ほんとか、ですって?」その人はくすっと笑った。「もちろんほんとよ。だって、わたしが描いたんですもの」

「えっ、おばさんが?」

「わたしじゃだめ?」なんだかおもしろがっているようだった。「わたし、画家に見えない?」

「いえ、そういうことじゃないんです。あの、わたし、やっとあの絵のなぞが解けたんです。それで……」

「なぞ?」その人はゆっくりと首を振っていった。「なぞなんてないわ、ローラ。わたしがあの雲の風景画を描いた。たった一枚だけ。それを一週間ずっと店のショーウインドウに飾っていたのよ。変わってきたように見えたのなら、それはあの絵を見るローラの見方じゃないかしら? あの絵、包みましょうか? ところで、お母さんの具合は、いかが?」

ローラは首を振った。

「いいえ、けっこうです。だって、お金、持ってないもの。お母さんは、おかげさまでよくなりました。ずいぶんよくなりました」

「そう。よかったわ。それから、あの絵はわたしの作品だから、お金はどうでもいいんじゃない?」

その人は、カウンターに取りつけてある茶色の包み紙のロールから紙を引きだしはじめた。

「えっ、ちょっと待ってください!」わたしは声をあげた。「そんなこと、できません。ただでいただくなんて。そんなのだめです」

その人は首を横に振った。

「それじゃ、買おうと思わなければいいのよ。わたしにプレゼントさせてちょうだい」女の人は絵をおろしてくると、茶色の紙の上に置いて包みはじめた。「ごめんなさいね。プレゼント用の包装紙はないのよ」

「そんなこと別に。それより、やっぱりもらえません」

「心配しないで、ローラ。わたしがプレゼントしたいの。ほんとうよ。はい、どうぞ」

わたしは、きちんと包装された長方形の包みを受けとった。

「ありがとうございます。わたし、このことは絶対に忘れません。絶対に。お名前も知らないのに」

「そうね。でも、いいのよ。それに、あなたは今日のことをけっして忘れないわ。それは確かよ。それじゃあね、ローラ。あっ、それからもうひとつ、お母さんのことは心配しなくてもいいわ。お母さんには、病気はもう過去のことだから」

＊

わたしは、夢のなかにいるような気分で家へ向かった。クリスマスを肌で感じられただけではない。クリスマスがほんとうはどういうものなのか、はじめてわかったような気がした。天使の存在を信じなくなったころ、サンタクロースもいないのだと気づいた。けれどもいま、その確信が揺らいでいる。大通りでこじんまりした画廊を経営しているあの人に出会った。あの人こそが、サンタクロースか天使か、あるいはこのふたつを合わせたような存在に思えた。

角をまがって家の前の道に入った。そのとたん、わたしは、自分がとんでもない思い違いをしていたことに気づいた。

　消防車が二台と救急車が一台見えた。青白い煙がうっすらとあたりをおおい、門のそばには人だかりがしていた。うちじゃない、きっとお隣よね？　頭ではそう思いながらも、足どりは速まった。それが自分の家だとわかると、恐怖と涙とで前がほとんど見えなくなりながら、壁だけが焼けのこったわが家へ向かって走った。

　そのとき、だれかに行く手をさえぎられた。

「ローラ！」お父さんがわたしの体に両腕をまわして力ずくで押しとどめた。そして、ネクタイをした胸に顔をぎゅっと抱きよせた。「待て、ローラ。近寄っちゃだめだ。もうどうすることもできないんだ」

　わたしはお父さんの腕を振りはらおうともがきながら、叫んだ。

「お母さんは？　お母さんになにかあったの？」

　お父さんがうなずくのが、わかった。

「お母さんは……お母さんはきっと、料理をしようとしていたんだ。台所で倒れたらしい。アトキンソンさんが煙に気づいてくれたんだが、そのときにはもう……」

「お母さんは……」

　またうなずくのが、わかった。

「わたしがいけないの。みんな、わたしのせい。まっすぐ帰ってくればよかったのに。道草なんかしてたから」

わたしはあの女の人の最後のことばを思いだして、はっとした。あの人は、お母さんのことはもう心配しなくていいといっていた。病気は過去のことだからと。

「この絵、この絵を見させて！」

お父さんがなんとか抑えようとしたが、わたしはもうどうしようもないほど興奮していた。半狂乱だった。もがいても放してもらえないとわかると、お父さんの手首に噛みついて腕からすりぬけ、包み紙をやぶった。捕まえようとするお父さんの手を逃れて、横に飛びのいた。紙がはがれて落ち、なかから予想どおりの絵が現われた。空一面が暗い雲におおわれた風景だった。そして、どこか、その雲のはるかかなたで、太陽は死んでいた。

なにをしなければならないのかわかっていた。絵をつかむと、くるりと向きを変えた。あの人に会って、太陽を描いてもらわなければと思いながら、いまさっき帰ってきた道を走りはじめた。ひと筆だけ、あざやかな手際でひと筆描いてもらうだけでいいんだ。そうすれば、お母さんはまたよくなって、クリスマスもはじまる。

もちろん、そのときはまだ知らなかった。画廊はすでに空っぽで、ショーウインドウには、「売店舗」と殴り書きされたカードが一枚かけられているだけだとは。

狩人(かりゅうど)の館(やかた)

ギャリー・キルワース　作
和田禮子　訳

にわかに空が暗くなり、雪をかぶった森が動きをとめた。木々のかげが混じり合い、光が消えて、物音ひとつしなくなった。遠くの教会のクリスマスの鐘の音が枝にさがるつらら越しに鳴り響いていたが、それも一瞬で、もうなにも聞こえない。彼はこんな静けさを味わったことがなかった。まるで深い雪穴に閉じこめられているような気がした。地上には、動くものも音を立てるものもない。急に不安になった。冷たい影に襲われたような恐怖を感じたのだ。胸に激痛が走った。つづいて、銃声が聞こえた。

――激痛のあと銃声だなんて、いったいどうなっているんだ。そうか、銃弾のほうが音より速いのか。銃声が聞こえるまえに、遠くの銃口からぱっと煙が上がるのをよく見るものな。

胸の痛みはすぐに消えた。雪のなかに横たわっていると、感覚がなくなってきた。仲間のハンターたちに「事故だったんだろ。気にしないでくれ」と伝えたかった。だが、口を開けることも、唇を動かすことも、もうできなかった。

だがしばらくすると、どういうわけかいつもの元気を取りもどしていた。立ち上がって、ハンティング・ジャケットの雪をはらうと、仲間のいるほうを向いて、「おれはまだ生きてるぞ」といおうとした。ところが、いるのは自分だけで、仲間の姿はなかった。奇妙なことに、みんながいままで立っていた雪の上には足跡すら残っていない。なにもないのだ。鳥のさえずりはまた聞こえ、動物の気配も感じられるのに、遠くの教会の鐘は沈黙したままだ。あたりの木々はなにも変わっていないように見えるが、どことなく奇妙な感じが漂っている。

ふたたび不安にかられて、大声で呼びかけた。

「オーイ、どこへ行ったんだ？　ジャン？　アルバート？　ピーター？　待ってくれ！」

返事はなかった。そこで彼は歩きはじめた。

深い雪と闘いながら進んでいくと、信じられないほどたくさんの動物の足跡が目に入った。野ウサギやシカやキツネのものはすぐにわかった。オオカミらしいのもある。

――オオカミは、このあたりでは少なくとも百年まえに姿を消したはずだ。きっとこれは野犬だろう。おやっ、別の足跡もあるぞ。こいつはイノシシに間違いないぞ。おれはこの手の動物にはくわしいんだ。

彼はすっかり興奮して、ライフルをかまえた。こいつは、おそらくこの森の最後のイノシシだ。こいつを撃てるとはすごいと思いながら、足跡を追っていった。すると、木がほとんどない、開けたところが見えてきた。

歩きながら、自分がついさっきまで不安に怯えていたことを思いだした。このおれが怖がるなんて、とんだお笑いぐさだと思った。それでも、あの恐ろしい一瞬を思いだしたとたんに、一刻もはやくこの不気味な森から光のあふれる場所へ出たくてたまらなくなった。

――おれはおれだし、まわりの木もおなじ木だ。それなのに、おれも森もすっかり変わってしまったのか、なにもかもがどこか違っている。どっしりしたカシやブナの木、巨大なシデの木、堂々とそびえるトネリコは、じっくり観察しなくても、幹のこぶと渦巻状の樹皮、大枝のねじれがぜんぶわかる。樹液の流れさえ見える。なんておもしろいんだ！　いままで気づかなかったが、木の姿や枝振りもすばらしいじゃないか。たっぷり雪をかぶったモミやマツはどれもおなじに見えていたのに、人間に個性があるように、いまではひとつひとつ違って見える。

だが、こんなにいきなり変貌し、ものの見方が変わるのは、なんとも不気味だった。恐ろしくて、ライフルを持つ手が、目の前のニレの枝のつららのように震えた。自然の神秘を見通す新しい能力をもったが、それとともになんともいえない不安も感じるようになっていた。

――これは今朝、アナグマを撃ったことと関係があるんだろうか。でもこれまでだって、やつらが姿を見せればけっして逃しはしなかった。本能的に殺してきた。アナグマが死んだのは、やつが野生動物で、おれが腕のいいハンターだったからだ。単にそれだけのことだ。開けた場所に足を踏みいれてそよ風を顔に受けると、彼はほっとした。ライフルの安全装置をかけて、肩にもどした。それから周囲をぐるっと見まわして、あっけにとられた、というのは少し大げさだが、驚きで心がはずんだ。

目の前に、大きな池が広がっていたのだ。凍った水面は弱い夕日を浴びて銀色に光り、浅瀬のそこここにアシが群がって生えている。池の周囲は草地で、うっすらと積もった雪の間から草がのぞき、草についた霜がきらきらしている。さっきまで狩りをしていた森が、草地と池を囲み、カシ、ニレ、マツ、モミなどの木々が見える。

だが、もっと驚いたのは池の対岸に見えたものだった。壮大な建物があったのだ。数千坪はありそうな大きな木造の山荘で、まるでこの風景が生みだしたかのように、雪をかぶった草地にそびえ立っていた。

彼は、毛皮の袋から双眼鏡を出して曇ったレンズを拭くと、その不思議な建物を観察した。巨大な山荘の草葺き屋根のあちこちから、赤レンガを螺旋状に積んだ高い煙突が突きだして、てっぺんの煙出しからは煙が夕暮れの空にゆらゆらとのぼっている。壁には、細長い鉛枠のガラス窓が何十も並んでいる。山荘の端がどこかよくわからないが、端から三分の二ぐらいのところにアーチ型の巨大な両開きの扉がふたつあって、装飾がほどこされた真鍮の蝶番がついている。ゆるやかに波打つ軒には雪をかぶったツタがからみ、雨どいをはって、軒下に点てんと置かれている樽に垂れていた。

彼は木造の家が好きだったから、すばらしい山荘だと思った。このあたりの景色とぴったりで、息をのむほどだ。とっさに、ホテルか宿屋ならいいがと思った。それなら、今夜はここに泊まれる。「森のなかで野宿するよりいい」とひとりごとをいった。ここに泊まれなかったら、そうするしかない。「この季節では、寒すぎるからな」

氷に体重をかける勇気がなかったので、池の西側をまわっていった。建物に近いところの氷に、いくつか穴が開いていて、まるでだれかがさっきまで釣りをしていたようだった。

ようやく、どっしりした両開きの扉まで来た。この入り口の上には、カシの板に〈イェーガーハレ〉とドイツ語で山荘名が焼きつけられていた。

「〈狩人の館〉って意味だな。今夜はたぶん、ここで過ごせそうだ」とひとりごとをいった。

彼は片側の扉を開けて、なかに入った。

山荘の壮大な外観に驚いたが、なかに入るとさらに驚いた。内部は広びろとして間仕切りがなく、木の床のあちこちにはいろりがつくられていた。細長い窓からさしこむ光は広い部屋の奥までは届かず、沈みかけている夕日の光が幾筋か窓際を照らしている。中央はランプの明かりや薪の炎で明るかったが、すみのほうは見えなかった。部屋のなかは、床や壁の松材の香り、薪の煙、人間の汗、動物の皮、蜂蜜酒、ビール、それに肉料理のにおいでむんむんしていた。

「すごいぞ！」彼はつぶやいた。

どのいろりにも火が燃えさかり、そのまわりには、男たちが座っている。女の姿もぱらぱら見える。みんな、狩りをするときのかっこうをしているが、服の多くは時代遅れで、一部は何百年もむかしのもののように見える。緑色の腰布や、着古して革にひびが入ったてかてかのジャケット、毛皮のミトンと手袋。前後にひさしのある鹿狩り用の鳥打帽や、ごわごわしたツイードのコート、子牛の革のロングブーツ。ポケットがたくさんついているろう引きの防水服や、冬用の厚手のシャツなど。彼自身が着ている迷彩色のオーバーオールもあった。

いろりのまわりで座ったり横になったりしている人たちは、低い声で話したり、狩りの道具の手入れをしたりしている。それにしても、その道具ときたら！　銃、弓、槍などあらゆる種類のものがある。銃も、最新式のライフル銃や猟銃のほか、むかしの火打ち石銃や後装銃などさまざまだった。

多くの人の足もとには、銃が置かれ、レトリーバーからスプリンガー・スパニエル、ポインター、アイリッシュ・セッターまであらゆる種類の猟犬が座っている。ほとんどの犬はいかにも猟犬らしく、戸外では活動的で機敏なのに、室内ではおとなしく従順にしていた。

山荘の中央にいちばん大きないろりがあって、火の上に、見たこともないような大なべが鎖で吊されている。この黒い大きな鉄なべから、肉とじゃがいもの煮えるあのおいしそうなにおいが流れて部屋中を満たしていたのだ。

彼は心の底から感動し、その場の光景に見惚れて、しばらく立ちつくしていた。

——これこそ、週末にしか狩りのできない都会暮らしのハンターが、夢にまで見る場所じゃないか。仕事以外では付き合いたくもない商談相手に会いに行く飛行機の中でいつもこんなところを想像している。ここにいるのはたしかにおれと同類の狩人だ。環境も完璧だ。

彼は、少し遠慮がちにいちばん近くのいろりまで行き、そこに座って長い旧式のライフル銃の手入れをしている男に話しかけた。

「失礼。隣に座ってもいいですか？」

なにかことばが返ってきたが、フランス語らしくてまったくわからなかった。彼は当惑しながら、男から離れた。だが、いろりの向かい側にいるもうひとりの男が声をかけてくれた。

「わしのそばに座れよ。わしとおまえさんのことばはいっしょだ。明日の狩りや、今日の獲物のことでも話そうじゃないか。クリスマスの宴会のことでも新年の狩りの話でもいい。森の言い伝えや、けもの道のことも教えてやるぞ」

そういう話なら、ぜひともいっしょにしたい。彼は感謝しながらいろりをまわり、男が指さした火に近い鹿皮の上に座った。

男は大きかった。人好きのする丸顔で、肌は赤褐色、風雨にさらされたマホガニーの色だった。長い黒髪が革ジャケットの襟にかかり、目は焦げ茶色で澄んでいた。足もとには、黒いラブラドル・レトリーバーが寝そべって、炎を見つめていた。

男は両手で古い型のライフル銃を持ち、銃身につめた手入れ用の布を勢いよく引きぬいた。彼が横に座ると、男はきらきら光る螺旋状の銃の内側をのぞいて見るようにいった。

「すごい。錆ひとつない」

「当然だ」男は満足げにいった。

彼は、目だけ動かして自分を観察しているレトリーバーを指さした。

「水鳥を撃つときにはいい犬だな、この種の犬は」

男が犬の頭をやさしく叩くと、犬は主人の気持ちにこたえるようにその手をなめた。

「ああ、すばらしいやつだ。わしと暮らすようになってから、もうずいぶんになる。そうだよな、おまえ。ただ、こいつは冬が嫌いでな。することがあんまりないからな」

犬は男の手に鼻を押しつけた。

「ここは、どういうところなんだい?」彼は広い部屋のなかをぐるっと指さしながらきいた。

「この人たちはどういう人たちです? クリスマス・イブの集まりかなんかかな」

男は眉を上げ、少し悲しそうな顔をした。

「そうか、おまえさんは新入りなのか。まだよくわかっていないのなら、ちょっとショックかもしれないな」

「わかっていない？」彼はなぞかけは嫌いだった。

「おまえさんが『この人たち』と呼んでいる人たちはな、男も女もみんな、生きているときは優れた狩人だった。おまえさんもそうだったに違いない。ここ、〈イェーガーハレ〉にいるんだからな。この山荘でもちろん、わしらは暮らし、いろりのまわりで眠り、明日の狩りの準備をし……」

彼は男の話をさえぎると、笑いながらいった。

「おれをからかっているんだろ」

男はまじめな目つきで、彼を見つめた。

「いいや。冗談などいっていない。いいかね、おまえさんは、すでに死んでいるんだよ。そして、優れた狩人だったものたちの集まる館に来ているんだ。ここにいる連中は、自分が生前なんと呼ばれていたか思いだすことができない。おまえさんには名前があるかな？」

そういうと、男は銃の手入れに集中した。どうやら彼に考える時間を与えるつもりらしい。

彼は必死に名前を思いだそうとした。そんなもの、忘れるはずがなかった。だが、まったく思いだせない。自分がだれか、なんと呼ばれていたか、わずかな手がかりさえない。頭のなかは真っ白だ。職業はわかっているのに、自分の名前も両親の名前もわからない。記憶を探ってみても、いらいらがつのるだけだった。しかし、しだいに気持ちが軽くなってきた。

——ちょっと待て！　おれの胸のなかで心臓が動いているじゃないか！　これは幻覚なのか？　おれは息をしてるよな？　それとも、息をしているような動作を繰りかえしてるだけなのか？　間違いなくおれはからかわれている。狩人たちのからかいの的にされてるんだ。これがこの山荘への入所儀式か。だけど、おれがからかわれてるのを聞いて楽しもうにも、だれも近くにいないじゃないか。いるのは銃の手入れに余念のないこの黒髪の男だけだ。

　男は、またもやなにかききたそうな目で彼を見た。

「最後に覚えているのはなんだね？　空が暗くなり、森が静まりかえっただろう？」

　この質問に、彼はぎょっとした。この男は森での出来事を知っているらしかった。あの場にいなかったのに、なぜ知っているのだろうと思った。ひょっとしたら、男は木の後ろに隠れていたのかもしれないが、もしそうなら、助けに来てくれただろう。いずれにしても彼の体は、外側ばかりか内側でもなにかが変わってしまったようだった。

「最後に覚えていること？」彼が繰りかえすと、男はうなずいた。

——なにを覚えているか。そうだ、おれは仲間たちと牡鹿を追っていた。すばらしい枝角のやつだった。おれの一発目の弾がそいつのわき腹に当たったが、致命傷にはならなかった。そいつは木の間をジグザグに走って逃げた。おれたちは血痕や、雪についていた足跡を追った。それから、どうしたんだったかな？

牡鹿を追っていたときと、空が暗くなって森が静まりかえったときとの間の記憶がぬけている。心が闇に包まれて、記憶が隠されてしまったようだ。どうしても思いだせない。

なんとかして、ぬけているところを取りもどそうと意識を集中させなければならなかったが、それでも記憶はあいまいなままだった。けれども、やがてじょじょに記憶はもどってきた。あまりにもいたましい出来事を、そんなぞっとすることを、ただ思いだしたくなかったのだ。彼は無意識のうちにそのときの光景を心の奥へ押しのけてしまっていたのだ。

やっと、あのときの光景が姿を現わした。

——ああ、そうだ。二本のマツの木の間に立っていたときに、左手にまたあの牡鹿が現われたんだ。ライフルをそっちへ向けようとしたが、肩ひもが木の枝かなんかに引っかかって、狙いを定められなかった。牡鹿が枝角をさげて、猛スピードで向かってきたとき……。そうだ、仲間のひとりが狙いをつけて発砲した。それからおれは、突然、恐怖に襲われたんだ。激痛が走り、胸と口から血がどっと噴きだした。暗くなり、静かになった。これがおれの最後の記憶だ。

——死んでる？　まさか、おれは死んでいるのか？

その思いが目に表われたに違いない。「気の毒になあ」と男がいった。

「まだ納得できないが、まあ、そういうことにしておこう」彼がぶっきらぼうに答えると、知り合って間もないこの男は、肩をすくめた。

彼はほかの狩人たちを見まわした。確かに、この男と女の奇妙な集団は、大部分が過去から来たように見える。〈狩人の館〉だって？　もしそうなら、ほんとにすばらしいかもしれない、と思った。

彼はもう一度男に話しかけた。

「それじゃ、いったいどうなるんだ？　おれたち……死んだものは」

「どうなる、だって？」男の顔に笑いが広がった。「そりゃ、おまえさん、狩りをするのさ。外の池には、どんな魚だっている。コイ、サケ、マス、ウグイまでな。山荘を囲む森には、イノシシ、シカ、野ウサギ……。あそこに女がいるだろ？」

男は、弓の弦に蝋を塗っているほっそりした女を指さした。

「あの人はな、走っている野ウサギをたった一本の矢で地面に突き刺すことができるんだ。鳥だって、ここにはキジ、ウズラ、あらゆる水鳥、おまえさんが知っている鳥はなんでもいるぞ。そう、ここでの狩りはすばらしい。最高だ。そして毎日、昼間殺したものはぜんぶ、あそこに見えるあのなべに入れられて、これまでに食ったこともないようなうまいシチューになる。夜になると、この大きな山荘で宴会をする。食って、飲んで、楽しくしゃべり……次の日にはもちろん、またおなじことを繰りかえす！　まえの日にわしらが殺した動物や鳥は、森の苔や、池の泥や、木の樹皮からふたたび生きかえる。わしはおなじイノシシをもう七回撃ったが、あいつはいまだに森のけもの道を走っている。

明日はいうまでもなく一年でいちばん盛大な宴会、クリスマスの宴会だ」

これが死というものなら、生きているよりいいじゃないかと思い、彼は男にきいた。

「ここは天国なのかい？」

「そうだといいたいが、地獄だということもありうる」

——地獄？　いやな響きのことばだ。でもいまは、そんなことはどうでもいい。狩人どうしの連帯感に浸り、命と引きかえに与えられたものを楽しむだけで満足だ。〈狩人の館〉、こういう場所をおれはどんなに夢見ていたことか！

「それなら、世界のほんとうに優れた狩人たちは、どこにいるんだい？　ここにはピグミーの姿は見えないな。たとえば、ザイールのエフェ族は？　叫び声と歌で犬たちをけしかけて、狙った鳥をぱっと飛びたたせるあの小柄な黒い肌の狩人たちは？　あの有名な小さな弓の名手たちはどこにいるんだ？」

男は肩をすくめた。これがくせらしかった。

「この山荘には、世界のほかの地域から来たものも少しはいる。だが、狩人たちはふつうは、自分にあった狩り場のほうを好むものだ。生前狩りをしていた場所をな。あそこにいるふたりは、オーストラリアのアボリジニだ。それから、大きないろりの向こう側のすみにかたまっているのはボルネオ島のイバン族だ。よそから来たものは、ほかにもいる。わしらはときどき集まって宴会をし、お互いの狩り場で狩りをしてみるのだ。

わしら全員が参加する大がかりな狩りもある。狩りがすむとその情報を交換し、それぞれの狩りの手法について話し合う。ここ、この〈狩人の館〉でおまえさんが会うほとんどのものは、わしらの土地の神秘や伝説、つまり、わしらの祖先が信じていたことを受けいれている。生前にブッシュやジャングルや雪のツンドラで狩りをしていた人は、死んでもおなじ風土を好む。イヌイットたちはわしらの森で一年中狩りをするなんてことは望まんし、わしらだって氷の大地はごめんだ。だが、おまえさんが望むなら、だれもとめはしない。好きな場所で、あるいは海でだって狩りをすればいいのだ。自分で決めてな」

「わかった」

話がとぎれた。聞こえてくるのは、部屋のあちこちで狩人たちが狩りのことを話し合っている低い声だけだ。狩りの話は、長くて所在ない夕暮れどきの何時間かの楽しみのひとつなのだ。夕日の光が、高い窓から薄暗くなっていく広い部屋にさしこんでいる。彼はヒッコリーの木屑の燃えるにおいを吸いこんで、満足のため息をついた。

黒髪の男がまた彼に話しかけてきた。

「おまえさんの一生で最高だった狩りの話をしてくれないか」

彼の胸を、興奮がどーんと突きぬけた。

――最高の狩りだって？　そうだ、あれこそ最高の狩りだった。だが、この男とは知り合ったばかりだ。あのときのことを話してもいいだろうか？　だめだ、やめておこう。代わりに、オオカミを追跡して殺したときの話をしよう。

「……やつらは、スカンジナビア半島で最後のオオカミの番いだった。年を取っていたが、まだまだ危険で、油断もすきもなかった。実際、何回もまかれたよ。雪のなかを追いつづけ、巣穴の入り口でしとめた。何週間もかかったが、あれはすごい経験だった」

男が眉をひそめていた。

「肉を食わなかったのか？　それとも、凍死しないように毛皮が必要だったのか？　あるいは、ひょっとして、そいつらがだれかの子どもを襲って殺した……？」

彼は男の質問に困惑して、激しく首を振った。

「いや、そんなんじゃない。わかってないな。おれは遊びで殺したんだよ。狩りのスリルを楽しむのさ」

「それでは、なぜおまえさんがここにいるのかわからんな。この山荘にいるのは、衣食の必要に迫られるか、我が身や家族の身を守るために生き物を殺したものだけだ。つまり、真の狩人、ほんものの狩人たちだ。自分の衣食のためには殺すが、血を見るためだけの殺しはしない」

彼はこれを聞いて一瞬ことばを失ったが、すぐに肩をすくめていった。

「おれはここに来ている」

ふいに彼は、この男に無性にショックを与えたくなった。反感を抱きはじめていたのだ。

――このひとりよがりの男に、いちばんすごかった狩りの話をしてやろう。かつて撃った最高の獲物の話を。この男のお気に召さなくても、この部屋には話し相手はほかにもいるじゃないか。

「むかしおれは、この地球上でいちばん狡猾な生き物のあとをつけた。追いつめて、そいつが立ちどまったところを殺した。引き金を引くと、そいつはのけぞり地面に倒れた。あの瞬間に勝るものはなかったな。いま持ってるこのライフルでそいつの胸をぶちぬいたんだ」

男は犬をなで、もう彼を見ようともしなかった。「それで、その獲物は?」

「人間だ」

このとき、男の焦げ茶の目がちらっと彼の顔を見た。男を動揺させたとわかったので、彼は満足だった。

「そうさ、人間狩りだよ。ある晩、おれたちは人間をさらってきた。人間なら、男ならだれでも、どんなやつでもよかった。そいつを森のなかに放して、あとをつけた。おれの撃った弾がやつをしとめたんだ」

長い間ふたりとも黙っていた。が、とうとう男が犬をなでるのをやめて、顔を上げた。その目には、悲しみと哀れみがあふれていた。

「おまえさんは、自分とおなじ人間を殺したんだな。自分とおなじ人間をただの遊びで。やっと、おまえがここにいる理由がわかった。おまえは、ここで楽しく暮らしていけるはずだった。だが、自らそれを投げ捨ててしまったのだ。ここに来た理由は、それをその目で見、経験するためなのだろう。どうやらおまえがこの山荘で過ごすのは、今夜だけのようだ。明日になれば森に行くことになる」

彼は男のことばに少し不安を覚えたが、とっさにつけくわえた。「あんたが行くようにな」

「だが、わしが行くのは狩人としてだ」男はいった。「おまえは獲物になる」

これを聞くと、彼の体に恐怖が走り、動転して、周囲を見回した。道具を手入れしている狩人たちや、この人たちの今夜の寝具、柔らかな敷物をちらっと見て最後に大なべに目がとまった。あのなかに寝る前に食べるうまいシチューが入っているのだ。

かすかな勝利感が彼の心のなかに少しずつわきあがって、希望が生まれてきた。

――この炉端の男の論理はどこかおかしい。ここで守られていること、この山荘の掟には、きっと誤って信じこまれているものがあるんだ。もしかしたら、死者たちがいってることはうそで、ほんとうのところはまだ明らかにされていないのかもしれない。おれが間違ったことをしたとはまだいえないのではないか。あるいは、ここの規則は石に刻まれて動かせないようなものではなくて、うまく説得すれば変更できるものなのかもしれない。おれはいわれたことをこのまま黙って受けいれたりはしないぞ。

彼は自分を非難している男にいった。

「なるほど。だが、なにかおかしいぞ。ついさっき、ほんとうの狩人は殺したものを食わなければならん、といったね。ということは、おれが獲物になって、あんたがこのおれを殺せば、あんたはおれを食わなきゃならんわけだ。そのときには、あんたたちは人肉を食うのか？　おれはたとえ動物に変えられて、狩られて殺され、それが繰りかえし永遠につづくとしても、それでも心は人間のままだ。人間の体は保てないかもしれないが、人間の心はずっと持っているだろう。心はおれなんだから、変えることはできない。

あんたたち狩人は、あんたたち偉大な狩人は、おなじ人間の肉を食うのか？　狩人仲間の骨をかじるのか？　血を啜るのか？　おれを狩って殺し、食うというのか？」

黒髪の男は、彼の目の奥をじっとのぞきこんだ。

「いや、もちろん食いはしない。だが、犬たちには餌をやらねばならん」

ベッキーの人形

ジョーン・エイキン 作
夏目道子 訳

ぼくがなぜ問題のある子どもたちの学校を選んだのか、というんだね。では、話してみよう。すまないが、暖炉にもう一本、薪をくべてくれないか。話は長くなるから。

子どものころ（と校長は、パチパチはぜる炎を見つめながら、話しはじめた）クリスマスは一年のなかでもいちばん嫌いな季節だった。クリスマスが来ると、いつも憂鬱になってね。とかくこういう暗い気分から、危険な芽は育つものだ。

ぼくが生まれたとき、父は五十代、母も四十代と若くはなく、家族にとって、ぼくはまったく予定外のつけたし、歓迎されない子どもだったのだと思う。兄はとうに自立して、カナダで農場を経営していた。父は自然科学の教科書を書いて成功した男で、好きなところで、好きなように暮らせる身分だった。そこで十年来、父と母はクリスマス・シーズンのほぼ一か月を南フランスで過ごすことにしていたが、手のかかる幼児を連れていくことは、この計画のどこにも入っていなかった。ぼくがいたのでは、ふたりの楽しい休暇は台無しになっただろう。実際、はじめから問題にもされなかった。

そんなわけで、ぼくは四歳のころから、いや三歳だったかな。小さいときのことだから、いつそう決められたのかはっきりしないが、毎年クリスマスには、北部のマーウィックにいるネスタおばさん、サイモンおじさん、いとこのベッキーの家へ送りつけられた。これにはどんなに腹が立ったことか。学校へ行くようになると、ますますがまんできなくなった。まわりの友達は、家で迎えるクリスマスを何週間も、何か月もまえから楽しみにしだす。どの子の家庭にも、クリスマスの楽しい行事や、むかしからのしきたりがあって、そのためにみんなはあれこれ考えたり、計画をねったり、小遣いをためたりする。お母さんに贈る花束、クリスマス・イブの真夜中のミンスパイやダンスパーティー。靴下にプレゼントをこっそりつめて吊す。ケーキやクリスマス・プディングの材料をこね合わせる。モミの木を家へ運びこむ。ピアノのまわりでクリスマス・ソングを歌う。家の飾りつけをする……。

「あたしの家ではね、ヒイラギの葉に糸をとおして、葉っぱの鎖をつくるのよ」とクラスの女の子がいう。「ヒイラギの葉をいれた籠はいくつもいくつもあってね、長い鎖をつくるのは何日もかかるし、葉っぱの刺はちくちくするから、すごくたいへんなの。だけど鎖を壁に吊すと、壁掛けみたいで、とってもすてきなのよ」

「ぼくんちではクリスマスの朝、犬を連れて海岸を二時間ぐらい散歩するんだ。毎年だよ。砂が凍っていて、冷たい風が吹く年もあるけどさ、家のオーブンのなかでは、七面鳥が焼けて、だんだん茶色になってきてるぞ、なんて考えると、わくわくする」

「ぼくはいつもクリスマスの夜に、姉さんたちと劇をするんだ」と別の子がいう。「詩劇でね、その詩をつくるのに何週間もかかるけど、おばさんやおじさん、おじいちゃんやおばあちゃんたちが、みんなで観にくるんだ。ちょっとばかくさいけど、もしぼくたちがやめてしまったら、みんながっかりすると思うよ」

いうまでもなく、ぼくの家ではこういうことはぜんぜんなかった。この陽気なお祝いの季節も、両親にとっては、できるだけ無視し、人目を避けて静かにやり過ごす時期、というにすぎなかった。たとえ南フランスのリヴィエラの別荘にいたとしても、外の世界で繰り広げられているイルミネーションや飾りつけ、クリスマスの陽気なばかさわぎなどに気づかずにいるのは、むずかしかっただろう。だけど、そんなことに関心を持つ必要はないとばかり、気の合った仲間たちと淡々と過ごしていたのだと思う。

そしてその間、ぼくはマーウィックへ行って、おじさんとおばさん、一歳年上のいとこのベッキー、そしてやがてそこに生まれてくる双子の弟たちといっしょにいたというわけだ。

＊

マーウィックというのは、荒涼とした土地だ。イギリスの東海岸によく見かける灰色の陰気な町で、陸地にへばりついて、シベリアから襲ってくる烈風に必死で耐えているように見える。サイモンおじさんのぶかっこうな大きな家は、町はずれの丘の中腹にあって、ケルソー・ハウスと呼ばれていた。菜園には高い塀を巡らして、キャベツが根こそぎ風でやられるのを防いでいた。この塀にのぼると、マーウィック城の廃墟が見えた。マーウィック城はむかし、バイキングの襲撃に備えて築かれた城で、彼方には、バイキングが活躍した北海の水平線が、細く鉛色に見えていた。

木々はみな斜めに傾いて、地面にしがみつこうとしているようだ。ネスタおばさんは、畑の大切な野菜にガラスの風よけをかぶせていたが、このベル形のおおいは強風でたえずひっくりかえり、壊れてしまう。だから菜園はガラスの破片だらけで、小さないとこたちは、かってにこの危険地帯へ入ることを禁じられていた。

もうひとつ危険な場所は、水深六メートルあるという池だ。サイモンおじさんは、近くのフォレスカークという町の鉄工所の所長だったが、おじさんによると、この池は中世に鉄づくりに使われていた。おじさんは歴史好きでね、ぼくたちを散歩に連れていくと、いつもデーン人と古代スカンジナビア人の歴史をベッキーに聞かせていた。おじさんがケルソー・ハウスを買ったのは、ひとつにはこの池があったからだと思う。それをのぞけば、この家は不便で広すぎてまとまりがなく、ひどく寒いだけだった。建てつけの悪い大きな窓から、すきま風がヒューヒューと笛を吹いて入りこみ、絨毯を敷いてない廊下を吹きぬけていく。

ベッキーは虚弱な子だった。ぼくがベッキーを嫌ったのは、それもあったと思う。血の気のない透きとおるような白い肌と、グレーのまっ正直な目。気管支が弱くて、ぜんそく持ち。きれいな金髪は、バイキングの少女のように、二本のお下げにしていた。外へ出るときは、いつも用心のために何枚もウールの服を着こみ、首と耳をフードとスカーフ、マフラーでしっかりくるまなければならない。そんなところが、ぼくには神経質ないくじなしに見えて、ほんとは必要ないくせにわざとおおげさにしているんだ、と思っていた。

確かに、ぼくは不愉快な子どもだったと思う。自分本位で思いやりがなく、心が狭くて、ほかの人にだって権利や欲求、興味などがあることに、まるきり気がついていなかった。そのうえ盗癖まであったことは、追いおいおわかりになるだろう。だからこそいま、ぼくの学校に来ている子どもたちの気持ちが、よくわかるんだよ……ぼくは、家で一度も寛大に扱ってもらえなかったから、他人に対して、どんなときには寛大でなければならないか、ということがわからなかった。

それ以外、ベッキーを嫌うどんな理由があっただろう。
かわいそうに、ベッキーのほうは、ぼくのことが大好きだった。たぶんベッキーも寂しかったのだろう。体調が悪くて、学校を休まなければならない日がよくあったから、家のなかの本はありったけ読んでいた。本は何百冊もあった。ネスタおばさんは大の読書家で、時間さえあればぼくたちに読み聞かせたいと思っていたが、なにしろ建てつけの悪い不便な家のことやら幼い双子の世話やらで、ほとんど一日中忙しく、その時間がなかった。ベッキーの弟たちは小さすぎて、ぼくたちの遊び相手にはなれなかった。

「ねえジョン、一年中ここにいられたらいいのにねぇ」

ぼくの去るときが近づくと、ベッキーはいつも悲しそうにいった。ぼくのほうは帰るまでの日にちを、時間を、分を、指折り数えていたというのに。

「ジョンがここにいてくれると、とっても楽しいわ」

かわいそうなベッキー。こっちはベッキーのことを、退屈でいらつく子だと思っているなんて、まったく気づいていなかった。

ベッキーは、たえず新しい遊びを考えだした。外へ出るのを許されない日がよくあったが、そんなときには「ねえ、〈ミノタウロス狩り〉をしない?」などという。

「ひえー! 〈ハルマ〉か、〈ドミノ〉か、トランプで〈悪魔競争〉でもしようよ」

ぼくはどちらかというと不精なたちで、じっと座って、ハルマやドミノなどのボード・ゲームや、トランプをするほうが好きだった。そのほうが、ベッキーのきりのない〈ごっこ遊び〉よりはましな気がした。だけどベッキーは、気管支炎になるたびに何時間もベッドで本を読んで過ごしていたから、本からかき集めたアイディアがとめどなく流れでてくるのだった。

あの家には大きな古風な衝立がたくさんあって、すきま風を防ぐための必需品だった。（なにしろ、セントラルヒーティングが出てくるまえの、薪と石炭の暖炉しかない時代のことだからね）ベッキーは、家じゅうの衝立をおじさんの書斎に運びこんで、狭い迷路をつくりあげた。

「ジョンがアテネ王テセウス、あたしが恋人のアリアドネーよ。だけど、ミノタウロスはどうしよう」

「ミノタウロスってなにさ」

ぼくはぶすっとしてたずねる。そんなことよりも、トランプで〈時計占い〉をするか、『獲物の習性』でも読みたいと思いながら。物語の本は好きじゃなかったが、さいわいあの家には動物の本もかなりあってね、飛行機や車の本ほどではないが、無いよりはましだった。

「ミノタウロスは恐ろしい怪物なの。体の半分は人間、半分は牛でね、角が生えてるのよ。迷路に住んでいて、毎日、人間をひとり食べるの。ミノタウロスはいることにするしかないわね」

「わかった」

ぼくはあくびをしながら、ひたすら終わりが来るのを待った。

外へ遊びに行ける日は、それほど悪くはなかった。もっともおばさんから、双子をベビーカーに乗せて町までおつかいに行っておくれ、と頼まれる午後は別だったが。あれはほんとうにいやだったな。ロビーやウィルの子守りをするなんて、ばかみたいな気がしてね。ふたりがやんちゃだったわけじゃない。だけどぼくは、町の人たちがかげで、ぼくたちのことをばかにして笑ったり、にやにや見ているにちがいないと信じていた。それにベビーカーをのぞきこんで、甘い声であやしたり、機嫌をとったりするおばあさんたちにも、がまんできなかった。

「まあまあ、大きくなったこと！　よちよち、いい子ちゃんだねえ」とかいってね。

ベッキーはなんとも思っていないようだった。そりゃそうだ、どのおばあさんとも知り合いなのだから。さらに悪いことには、こっちはだれがだれやら区別もつかないのに、向こうはみんな、ぼくを知っているらしかった。

「おやまあ、ジョンじゃないか。また遊びに来てくれたのかい。うれしいねぇ。あんたのお母さん、あんたが一年中ここにいるのを許してくれたらいいのに。そう、それがいちばんだ」

こっちはそんなこと、考えるだけでもぞっとした。

ぼくには、いとこのチビたちをおとなしくさせるこつがあった。これは、ぼくたちがもっと小さかったころ、なにかのことでベッキーと意見が合わないようなときに、こっちの思いどおりにするのにとても役に立った。こつというのは、目玉を左右に揺らすことだった。こんなことのできる人には、ほかに出会ったことがないし、この特技をいつどうやって発見したのかも、とうに忘れてしまったが。まず目の焦点をぼうっとぼやかす。すると目玉が左右に揺れはじめる。それも、ものすごく速く、キツツキが木の幹を叩くぐらいの速度で。一分以上つづけるのは目にかなりの負担だったが、とくに害はないようだった。かえって目の筋肉のいい運動になるか、視神経を休めることになったのかもしれない。

とにかくこのおかげで、何年間かは、ベッキーを完全に支配することができた。こんなことがどうして怖いのかわからない。いや、当時のぼくにはわからなかった。だが、怖がらせたのは確かで、ベッキーはいつも怯えて泣きだしたものだ。

「やめて、ジョン。お願いだから、やめて。その顔、怖い！」

（じれったいのは、自分の顔がどんなふうに見えるのか、自分では見ることができないことだった。ひとりきりのとき、鏡で確かめようとしても、目が揺れている間は、もちろん焦点がぼやけているから、鏡のなかの影はぼんやりとしか見えない。ま、これは当時のことで、いまではどんなに不気味だったか、よくわかるがね）

「ほんとよ、人間じゃないみたい！　恐ろしい悪魔かなにかが、あなたの体に乗り移ったみたい。ねえ、お願い、頼むからやめて。チェスをやりたいなら、するわ。この本、読んでいいわよ。あたしはほかのを見つけるから。外へ行くのはやめて、ラジオでクリケットの試合を聴きましょ。お夕飯はトマトスープにしてって、ママに頼んでみるわ……」

これこそ、わが意をとおす最高の手だった。

ところがある年、突然、これが威力を失ったことに気がついた。目玉を左右に揺らしながら歯をむきだし、睨みつけ、うなり、恐ろしい顔をして見せても、ベッキーは、穏やかな心地よい笑い声を立てて、困った子ね、というように、「ジョンったら。そんなことしているジョンは滑稽だわ」というだけだった。

(わがいとこのベッキーには、ユーモアのセンスってものがまったくなかったのだな)

だけど、この特技は、チビたちにはまだ効き目があった。

(いまでもできるか、だって？　この三十年間やったことがないし、する気もない。あんなことがあったあとでは……。だが、それはもっと先の話だ)

だから、少なくとも外に出ているときは、ベッキーの弟たちはおとなしくて、ききわけがよかった。もっとも家では、完璧な小悪魔になることもあったがね。ありがたいことに、たいていの午後は、おばさんが子守りに頼んでいる女の子が町からやってきて、チビたちを散歩に連れだしてくれた。おかげで、ベッキーとぼくは木のぼりをしたり、菜園の塀にのぼったりすることができた。のぼり方はぼくが教えてやった。そうでなかったら、ベッキーにはとても無理だっただろう。雪が降っていなければ、家の裏手の荒野へのぼっていくこともできた。こいつはおもしろかったな。荒野には戦時中の塹壕がまだ残っていて、そこにヒースの藪がおおいかぶさり、まるでトンネルのようだった。ベッキーは塹壕があまり好きじゃなかったから、〈サクソン人対ノルマン人〉だの、〈ローマ人対ピクト人〉だのと、ベッキーお得意の、ばかげた〈ごっこ遊び〉にしてやらなければならなかったが。

マーウィックでの生活は、まったくいつもうんざりだった。なかでもやりきれないのは、クリスマスそのものだった。おばさんたちは、やれクリスマス行事だ、伝統だと、大さわぎするたちではなかった。ふたりともごく地味な素朴な人たちで、おじさんは毎日車で鉄工所へ通い、おばさんは家事をしたり子どもたちのめんどうを見たり、ベッキーの胸がちゃんと暖かになっているかに目を配る。ふたりには費用のかさむクリスマスのにぎやかなパーティーや派手な飾りつけなどは、するゆとりもなければ、する気もなかった。毎年クリスマスのディナーには、身寄りのないひとり暮らしのお年寄りを招待していた。小さなクリスマス・ツリーに飾るのは、金色に塗った松ぼっくりと木の実、それに赤い紙の造花だけ。クリスマス・プディングには、つつましくほんのちょっぴりブランデーが注がれる。「クリスマスは心のなかで祝うもの。ぜいたくな飾りつけや、ばかさわぎとは関係ないのよ」と、おばさんはいつもいっていた。

だがひとつだけ、おばさんたちが手間と金を惜しまないことがあった。これを重要視していたのだろう。それはプレゼントだった。

ぼくの両親からのプレゼントは、毎年まったくおなじものだった。父からは、いちばん最近に出版された父の教科書。『六学年用 体のしくみ』、『細胞の構造』、『わかりやすい光学』、『微積分を知ろう』、『物理の原理』、『総合現代史』、『地理の基礎』、『宇宙早わかり』。父が書くのをためらう分野は、なにひとつなかった。家のぼくの寝室の炉棚には、父の本がずらりと並び、なかでもしゃれた革装の本は、第二十刷を記念して、出版社から贈られたものだった。父の教科書はどれもロングセラーで、父はときどき内容に手を入れるだけでこと足りていた。

母からは毎年、変てつもなく、新しいシャツが二枚だった。

これらのプレゼントは、赤いクリスマス用の包装紙にくるみ、クリスマスの日に開けるばかりにして、マーウィックへ出発するときぼくのスーツケースに入れられた。プレゼントは開けもしないで、包装紙のまま家へ持ちかえることもめずらしくなかった。シャツをぜんぶ着てしまって、替えが必要になったときのほかは。

プレゼントが両親からのものしかなかったなら、クリスマスはわびしかっただろう。だが、おじさんたちからのプレゼントは、ひとつにとどまらなかった。本、着心地のいいカジュアルウエア、チョコレート、ゲーム、おもちゃ、あるいは奇抜さを狙ったもの。ある年、サイモンおじさんからもらった牛の角の火薬入れには、珊瑚とトルコ玉のビーズがつまっていた。またある年もらったヘビには、体じゅうにビーズ刺繍をほどこして、わき腹には「一九一八年トルコ人捕虜制作」と書いてあった。それからインド製の真鍮の小箱のこともあった。

こういう気前のいい贈り物に、ぼくは感謝しただろうか。それが、そうではなかったのだ。これから話すように、ぼくはじつにどうしようもない、恩知らずな人間だった。

毎年、キャンデー、ミトン、本、日記帳、懐中電灯、おもちゃのピストルなどなどのほかに、もうひとつ、「いちばんだいじなプレゼント」とベッキーが呼んでいる特別のものがあった。そしてこの「いちばんだいじなプレゼント」については、ぼくたちふたりにおなじものをくれるのが、おじさんたちの流儀だった。ある年はきれいなケースに入ったパステル、ある年は立派な絵の具箱。ある年もらった顕微鏡は、サイズは小さいが、おもちゃではないほんものでスライドやいろんな倍率のレンズがついていた。あるいは小さな標本箱とピンセット、虫ピンのセット。どれも自分の寝室のテーブルに並べて自慢したくなるようなものばかりだ。望遠鏡の年もあった。あるいはまた、小型だが機能的なイーゼルと油絵の具、テレピン油、亜麻仁油、筆、パレットのセット。

だが、残念なことに、ほかでもないこの「いちばんだいじなプレゼント」が、ぼくの怒りとねたみ、反感をかき立てたのだ。なぜだと思う？　それはベッキーのとぼくのとでは、サイズが違っていたからだ。たとえばパステルをもらったとする。色のいい上質なパステルが、上品なオリーブ材の木箱の、波型のくぼみに納まっている。ところが、ベッキーの箱は五十本入り、ぼくのはたったの四十本。ベッキーの絵の具箱、ベッキーの顕微鏡、ベッキーのイーゼルは、いつだってぼくのよりひとまわり大きい。すごく大きいというわけではないが、それでも……。

「なんで、ベッキーのプレゼントのほうが、大きいんだよ。不公平だ！」

差をつけられた最初の年、たぶん絵の具箱だったと思うが、ぼくは腹を立てて、ベッキーにわめいた。

ベッキーは美しい眉をひそめた。ベッキーにとってはごく単純で、公平で、理にかなったことだったらしい。

「それはね、第一にあたしのほうがひとつ年上でしょ。だから、あたしのプレゼントのほうが大きいのよ。それにあたしはこの家の子だけど、ジョンは一年に一回、泊まりに来るだけじゃないの」

ほかのときだったら、ぼくだって考え直して感謝したと思う。だけどそのときは、めちゃくちゃ腹が立った。そんなことといったって、ほかのことでは家族扱いなのに、なんでプレゼントだけ違うんだ、と。

「それは、あんたのほうが一歳年下だからよ。あたしのとおなじ大きさのをあげたら、それこそおかしいじゃないの」

そういって、頭にくるような澄ました顔で、ぼくを見た。ベッキーから年の差をいわれるたびに、むかっときた。背丈はぼくのほうがだんぜん高いし、力も強い。それに鉄道、飛行機、車、機械、数学のことなら、ベッキーよりずっとよく知っている。ベッキーが勝っているのは、スケッチと絵を描くことだけだ。絵はほんとうに上手だったな。それともちろん、お話をでっち上げるうんざりするような創作力も。

ベッキーの名誉のためにいっておくが、ベッキーは一度だって「もともと、こっちが招いたわけじゃないわ。ジョンの家から、預かってくれって頼んできたんじゃないの」などとはいわなかった。

あの年のクリスマスのことは、思いだすだけでも胸が痛む。その思い出のために、あれ以来、クリスマス・シーズンにひとりきりでいることを、神経質なまでに恐れるようになってしまったのだが。あの年、ベッキーは「いちばんだいじなプレゼント」のほかに、もうひとつ特別な贈り物を受けとった。

この特別なプレゼントは、アメリカにいるベッキーの名付け親からのものだった。その人はゲイストリート卿といい、ジョーおじさまと呼ばれていたが、ほんとうの親戚ではなく、ネスタおばさんがむかし大使館に勤めていたころの上司だった。ゲイストリート卿は、プレゼントを送るのを数年忘れていることもめずらしくなかったが、送ってくるとなると、目を見張るようなものがきた。ある年は人形の家だった。これはイタリアの宮殿の完全なレプリカで、宮殿にふさわしい家具もついていた。金色のペダルカーの年もあった。（ゲイストリート卿は、ベッキーが男の子でないことを度忘れしていたのだろうな）小さいころ、ぼくはいつもペダルカーに憧れていた。（もちろんぼくの親たちは、そんなものを息子に買ってやろうと思いつきもしなかっただろう）だから、ベッキーが見むきもしないこのプレゼントが、うらやましくてならなかった。ベッキーの弟たちは、もちろんこの自動車に大喜びだった。そのあとは、変速ギアやさまざまな装置のついた自転車。これはぼくのほうがよく乗りまわした。それからローラースケート、トランジスター・ラジオ、カメラ……。しゃくにさわるのは、プレゼントだけではない。貴族の名付け親がいる、ということだった。そんな幸運に値するどんなことをベッキーはしたというんだ、とね。

忘れもしないあの年、ゲイストリート卿から来た木箱は大きくて、いつものように外国の切手や税関ラベルがぺたぺた貼ってあった。クリスマスの日の朝、ベッキーはそれを、ほかのプレゼントをぜんぶ開けてしまうまで残しておいた。

その木箱のなかには、ボール箱が入っていた。その箱にはかんな屑がいっぱいつまり、かんな屑の下には、羊毛のような手触りのつめもの。そのなかに紫色のちりめん紙。そしてようやく引っぱりだしたのは……ふたつの大きな人形だった。

それにしても、すごい人形だった。人形なんてばかにしていたぼくでさえ、目を見張った。まず、その大きさだ。どちらの背丈も、ぼくの膝まであった。ひとつは男で、ひとつは女。男の人形は黒い口ひげを生やし、刀とピストルをつけている。女の人形は、長いつややかな黒髪に、何枚も重ねた絹のペチコート。扇はちゃんと開く。ふたりの黒い目は開いたり閉じたり、くるくると動いたりする。服は手縫いのすばらしいものだった。

「ほんもののサテンのスカート。ほんもののビロードのズボン」ネスタおばさんは、くわしく人形を調べて、畏れいったように、ため息をついた。「どこの国でつくられたのかしら。たぶん東欧ね。それともトルコかしら。ロシアかしら」

「ロシアらしいな」サイモンおじさんが口をはさんだ。「ごらん、スケート靴をはいている」

おばさんたちがおしゃべりをしている間に、ベッキーは箱の底を探って、何セットかの着せ替えの服のほかに、小さな箱も見つけた。箱のなかには電池が入っていた。

「電池！　それじゃこの人形、動けるんだ！」

ベッキーは叫んだ。そしてビロードのベストと絹のショールをまさぐって、背中側にうまく隠されているスロットを発見した。ベッキーはスロットに電池をさしこんだ。

人形たちはたちまち生きかえり、ベッキーの手のなかで、そわそわと身をよじった。下におろしてやると、人形は動きまわろうとしたが、トルコ絨毯につまずいて、転んでしまった。

「廊下へ連れていこうよ！」小さな弟たちが叫んだ。

廊下のつるつるしたリノリウムや、絨毯のない食堂の磨きのかかった広い床に立つと、人形たちはたくみにスケートをはじめた。すーっとすべり、おじぎをし、ワルツを踊る。後ろ向きにすべり、つまさきでくるくるっとまわる。これが小さなほんものの人間でないとは信じられないくらいだ。踊っている間ずっと、人形たちは、もう少しで体が触れ合いそうな距離を保っていた。

「きっと、磁石が入っているんだろう」サイモンおじさんがいった。

ベッキーが人形をつかんで電池をぬきとると、人形はようやくすべるのをやめた。

ベッキーは人形に夢中だった。頬は紅潮し、目は輝いていた。

「この人形、大好き！ジョーおじさまから、こんなにすてきなプレゼントをいただいたの、はじめてだわ。最高！」

「電池が切れたら、ちょっと厄介かもしれんよ」サイモンおじさんがいった。「電池は、すぐには手に入らないかもしれない」

「お礼状を書くとき、電池を送っていただけないか、お願いしてみるわ」

「なんて名前にするつもり」

ネスタおばさんは、包装紙やきれいな色のリボンの片づけにとりかかりながら、たずねた。

ベッキーはためらいもなく答えた。「クレスピアンとクレアラン」
「そんな名前、いったいどこで見つけたの」
「地図のどっかにあったと思うけど」ベッキーはあいまいに答えた。「ぴったりでしょ」

＊

あの年のクリスマスは、きびしい寒さだった。雪はなかったが、肌を刺すような冷たい風が吹きまくり、どこもかしこも氷だらけで、地面はレンガのように固く凍っていた。ネスタおばさんはベッキーに、外へ出てはいけないといいつけ、ベッキーのほうも、おとなしく座って、クレスピアンとクレアランがたくみに踊る神秘的なダンスを眺めるだけで、満足していた。いつまでも、いつまでも、いつまでも……。

で、ぼくはどうしたか。

あの年齢の男の子が、人形に興味を持つなんて、ありえないと思うだろう。だが、はじめて見た瞬間から、ぼくは催眠術にかかったように、いや魔法にかかったように、人形たちのとりこになってしまった。欲しくてたまらなかった。うらやましくて、なにがなんでも自分のものにしたかった。

なんのちゅうちょもなく、ぼくはベッキーから人形を盗む方法を考えはじめた。

じつは、それまでにもちょくちょく、ベッキーの小さなお宝を盗んでいた。うっかり置き忘れそうな、置き忘れても不思議でないような、小さなだいじな品を。象牙の象。真鍮の小箱。あれだって、ほんとうはベッキーのものだったのに、家へ帰るとき洗面用具の袋に隠して持ってきたのだ。ベッキーは、たとえぼくが盗んだと感づいたとしても、ぼくを責めたりはしなかった。同様にして人形の家の大時計（これはほんとうに時を告げた）、認印のついた指輪、鵞ペンを削る銀製のペンナイフ、金ペン、そのほかいろんなものを持ちかえった。ぼくにはそれを自分のものにする権利がある。ぼくが欲しいんだから、ベッキーが持っている理由はない、と単純に考えていた。家では、どうしてそんなものを持っているのかと、両親からたずねられることはなかった。というより、ふたりはその品に気づきもしなかった。なにしろぼくのことにも、ぼくの持ちものにも、まるきり関心がなかったのだから。

でも、あの人形はとっても大きくて、すばらしい品だから、人目につく。家へ帰ったら、なんとか隠さなければならないし、動かすのも親たちが外出したときだけだ。ありがたいことに、ふたりはほとんど一日中外出している。それに、ぼくの寝室の床は磨きのかかった松材だから、スケートリンクにはもってこいだ……。

だが、いうまでもなくいちばんの問題は、ベッキーからも、おじさんやおばさんからも疑われないようにして、盗むことだ。じつは完璧と思われる計画を思いつくのに、いくらも時間はかからなかった。

クリスマスの翌日の午後、おじさんたちは双子を「子どものパーティー」へ連れていった。ベッキーとぼくは、もう招かれる年齢ではなかった。ぼくたちは荒野へ散歩に行きたいといったが、おばさんから外は寒すぎると反対された。

「あなたには風が冷たすぎるわ、ベッキー。おとなしく家にいて、プレゼントにもらった本を読んだり、油絵の具で絵を描いたり、クレスピアンとクレアランで遊んだりしてなさい。それにしても、なんという名前でしょう!」おばさんは声をあげて笑った。「でも、ぴったりだわ、ほんと」

みんなは出かけてしまった。ぼくは、ほんものの氷の上で人形にスケートさせないなんて、惜しいよ。せっかくのチャンスを無駄にするなんて、信じられない、犯罪ものだと、さりげない口調で繰りかえしベッキーを説得した。氷はすぐそこの、庭を下ったところに張ってるじゃないか、とね。

「あたしたちだけで池に近づくの、お父さんはいやがるんじゃない?」

「いまなら、氷はきっとすごく厚いよ。それに、ぼくたちは氷にのらなくていいんだ。人形だけだよ。人形が岸から離れそうになったら、いつだって熊手で引きもどせるだろ」

ベッキーは、この案にまんまとだまされた。ぼくはベッキーの弱みにもつけこんだ。

「ベッキーには金持ちの名付け親がいて、すごいプレゼントを送ってくれるけどさ、そんな人、ぼくにはいないんだよ。あんなプレゼント、もらったこともない。だから、ぼくのアイディアを試してみるのが、公平ってもんだろ」

ついにベッキーはうなずいた。ベッキーが靴下を二重にはき、防寒用の胸当てとフラノのペチコートをつけ、セーターをもう一枚着こんでいるあいだに、ぼくはこっそり家をぬけだした。そして計画どおりに、池の氷をつるはしで叩きわり、手頃な大きさの穴を開けた。つるはしは、さっき熊手を取りにいったときに、物置からいっしょに持ちだしてあった。

それから、家へもどった。

「まだなの」

「いま行く」ベッキーは、防寒靴のひもを結びおえるところだった。「フードもかぶらなきゃ」

「ぼくが人形を持っていくよ。電池は入れとくからね」

「わかった。だけど、あたしが行くまで、氷の上にのせないでね」

「ちょっと聞いて！　電話じゃないの。出たほうがいいよ。おばあちゃんからかもしれない」

落ちついて考えれば、そんなことあるわけがなかった。おじさん方のおばあさんからは、すでに朝のうちに電話があったのだから。だけどベッキーは、あわてて冷えびえとした小さな電話室へ走っていった。そしてぼくのほうは、庭の物置へすっ飛んでいって、ふたつの人形をあらかじめ用意しておいた麻布のなかに隠した。

ベッキーが池のところへやってきたとき、そこには氷に開いた穴と、その穴に熊手を突っこんで、狂ったようにかきまわしているぼくの姿しかなかった。

「うっそぉ！」

ベッキーは悲鳴をあげた。そしてとめる暇もなく、ひびの入った氷の上へ走りだしていた……。

＊

それから数時間のことは、いまでも思いだしたくない。いうまでもないが、いとこのベッキーから人形を盗もうと計画を立てたとき、ベッキーが氷点下の池にはまって肺炎になる、などということは計算に入っていなかった。

もちろん、ぼくはさっさと家へ送り返された。ひとつには、ぼくの恥知らずな行為のために。またひとつには、みんなはベッキーの看病に忙しくて、ぼくにうろうろされたくなかったからだ。ぼくを見れば、あの恐ろしい出来事を思いださずにはいられないのだから。

ぼくの両親は、まだあと一か月、別荘に滞在することになっていて、息子のめんどうを見るために早めに予定を切りあげよう、などとは考えもしなかった。そこでジョスリンおばさんがプラムリーから呼びだされて、大あわてでかけつけてきた。

ぼくが家へ帰ると、おばさんは「おかえり」どころか、がみがみと小言を浴びせかけた。

「かわいそうないとこに、なんてことをしたの！　ばかなまねをしたもんだ。こんな大さわぎを引きおこして！　さあ、ぽかんと突っ立ってないで、スーツケースを二階へ持っていって、荷物を片づけなさい」

もちろん、願ってもないことだった。マーウィックではあのさわぎで、人形のことなどだれからもたずねられなかった。だから、人形はまだぼくが持っていた。

大急ぎで二階の自分の部屋へかけ上がり、スーツケースを開けた。人形はシャツの山の下にこっそり突っこんだときのまま麻布にくるまれていた。人形を取りだして、電池を入れた。とたんに、ぼくは血が凍り、息も止まりそうな衝撃を受けた。

ジョスリンおばさんは、お節介なほどてきぱきと取りしきるたちで、うちの両親とは正反対だった。親たちは、ぼくの部屋へ足を踏みいれたこともなかったが、おばさんは、洗濯物をどうのこうのと大声でいいながら、ぼくのあとについて二階へ上がってきた。あわてて人形の上にバスローブをかぶせたとき、おばさんは元気よく部屋へ入ってきた。

「やっぱりね。きれいなのも汚れたのも、いっしょくたじゃないか。あれ、どうかしたの。顔が真っ青だよ！」

「ちょっと気分が悪くて」と、なんとかぼくはつぶやいた。

「長旅だったからね。すぐに寝るのがいちばんだよ。さあ、洗濯籠を取ってくるから汚れ物をみんな放りこみなさい」

おばさんが籠を取りにいったすきに、ぼくはクレスピアンとクレアランをベッドの下へ押しこみ、目をぎゅっとつぶって、電池をぬきとった……。

＊

その翌日だったか翌々日、ジョスリンおばさんがいった。

「いったいどうしたの。青いさえない顔をして、コオロギみたいにびくついてるじゃないか。いまだって肩をちょっと叩いたら、あんた十五センチも飛びあがったよ。ベッキーのことが心配だ、なんていってもだめだよ。あの子のこと、そんなに好きじゃなかっただろ」

「なんでもないよ。なんとなく元気が出ないだけなんだ」と、ぼくはぼそぼそといった。

「早く学校がはじまるといいね。自分の部屋に閉じこもって、ふさぎこんでばかりいるんだから」

ぼくはほとんど一日中、部屋に閉じこもり、人形を見つめていた。人形なんて見たくない。見るつもりもない。それなのに、みじめにも、来る日も来る日もどうしようもない強い力に操られて、二階へ上がっていき、ベッドの下から人形を取りだす。箱から電池を出して人形にさしこむ。そして催眠術にでもかかったように、恐怖で吐き気を覚えながら人形を見つめる。すると、クレスピアンとクレアランも、ぼくを見つめかえすのだった。

夜になれば、夢のなかで人形たちは執拗にぼくを見つめる。眠れない夜は、あいつらはベッドの下に横たわり、あの目がぼくを待っている、ということばかり考える。

人形たちから逃れる道は、唯一の道は、階段をかけおり、通りを走っていって、氷のように冷たい川に身を投げることだ……。

しだいにぼくは、まわりの人びとの立てる物音にも、声や足音や話しかけてくることばにも反応しなくなり、気がつかなくなった。考えるのは人形のことだけだった。

こうして十日ほど過ぎたある日の午後、ジョスリンおばさんが勢いよくぼくの寝室のドアを開けると、目に飛びこんだのは床にうずくまってクレスピアンとクレアランを見つめているぼくと、ぼくを見つめかえしている人形たちの姿だった。人形はもうスケートをしなかった。そう、まったく。

「悪い知らせだよ。いとこのベッキーが亡くな……」いいかけた声が途中で消えて、おばさんの目は、人形たちに吸い寄せられた。「ん、まあ!」おばさんは声をひそめた。「その恐ろしいものは、いったいなんなの。なんでそいつら、目玉をきょときょと揺すってるの」

目という目が、おばさんの目も人形たちの目も、みんないっしょくたになって、ぐるぐると円を描いてまわりだし、それきりぼくは気を失ってしまった。

ぼくの意識が回復すると、ジョスリンおばさんはきびしい口調でいった。

「人形は庭の焼却炉で燃やしてしまったからね。ききたきゃいうけど、炉があいつらにはいちばんふさわしい場所だよ。さあ、なにもかも話してしまいなさい」

そこでぼくは、いまきみたちにも話したとおりのことを、すべておばさんに打ち明けた。

マーウィックへは　あれ以来一度も行っていない。

ぼくが、問題を起こした子どもたちの学校をやっているのは、こういうわけなんだ（と、校長はいった）。なにしろ盗みについては、いやというほど知っているからね。

思い出は炎（ほのお）のなかに

アデル・ジェラス　作
嶋田のぞみ　訳

　パパは、シーダー屋敷で雇ってもらえると決まったとき、自分の就職祝いだといって手帳を買ってくれた。これが、あのときパパがした二番目のことだ。それまでにあたしが持ってたいちばんしゃれたものは、赤い表紙のノートだった。でも、あのとき買ってもらったのは新聞記者が持つような本式の手帳で、表紙にきれいな花の絵がある。いろんな出来事を忘れないように、それからひそかに考えていることも、なにもかも書いておきたくなる。その手帳にいま、あたしはこれを書いている。

　仕事が決まってお屋敷を出ると、パパはまず最初に飛びあがり、両足のブーツのかかとをカチッと合わせて「イェーイ!」と叫んだ。うれしくてたまらなくなるとパパはいつもこう叫ぶけど、あんなに大声を出したことはない。でも、あのときは特別だった。「イェーイ!」と甲高い、誇らしげな声をあげたから、ディズベリ通りの高級店の常連客らしい奥さまたちが驚いていた。

マンチェスターのあたりに、カントリー・ミュージックの熱烈なファンがそれほどいるとは思えない。だからそういって、少し落ちつかせ、お行儀よくさせようとした。

「そうらしいな、ルー」パパは黒いカウボーイ・ハットをきちんとかぶりなおし、冷たい風が入らないように、房飾りのついたスウェードの上着のボタンをしっかりとめた。「ディズベリ村じゃ、〈寂しきカウボーイ〉はあんまり見ねえな。確かに……」

パパは〈寂しきカウボーイ〉なんかじゃない。アメリカ人ですらない。〈寂しく〉なら、なろうと思えばなれるかもしれないけど、〈カウボーイ〉は無理。だっていままでに牛にいちばん近づいたのはスーパーの牛乳パックぐらいなんだから。ただ想像力がたくましいだけ。それに、ものまねをするのも好きなんだ。アメリカにあるカントリー・ミュージックの殿堂グランド・オール・オープリー・ハウスで、ジョージ・ジョーンズやマール・ハガードやむかしの有名な歌手たちとしゃべるまねをする。フィドルの音楽とチェックのシャツを着た人でごったがえした酒場で、タミーとドリーとナンシーに飲み物をおごったりするまねもする。

パパはカントリー・ミュージックが大好きだ。うちでは朝から晩まで、小さなラジカセでカントリーの曲を流してるから、あたしはどの歌もぜんぶそらで歌える。パパとあたしのお母さんは、エミルー・ハリス（パパにとっては最高の歌手なんだ）の名前をとって、あたしをエミルーって名前にした。でも、あたしは中学に入ったとき、みんなには「ルイーズ」と名乗った。

そのときには、お母さんが家を出てもう八年もたっていたから、学校まで来て、本名をばらすことなんてありえないと思ったから。

お母さんがいまどこにいるか、パパもあたしも知らない。一度ももどってこないし、あたしに手紙をくれることも、誕生日やクリスマスにカードを送ってくることもない。

「あいつはさっさと家を出て、消えてしまった」とパパは未練がましくいう。「まるでカントリー・ソングに出てくる女のようにな」

お母さんが出てったせいで、パパは悪くなった。空想にふけったり、夢みたいなことを考えたり、ものまねをしたり、音楽を聴いたりして過ごすことがますます増えた。パパの話では、そうこうするうちにいつの間にか正式に離婚することになったんだって。パパの仕事はだんだんさえないものになり、ふたりで住むアパートもみじめなものになっていった。あのころあたしは、休みの日が大嫌いだった。学校のある日は、少なくとも友達と遊べるし、温かい食事も食べられたから。

あたしたちはいま、この大きなおんぼろの家に八人ぐらいの人と住んでいる。ここは、みんなで家賃を出し合い、皿洗いも食事の支度も順番でやることになってるから〈共同ハウス〉と呼ばれてる。みんなで使う大きな居間があって、調子の悪いテレビが一台と少し壊れたビデオがある。でも、あたしはいつも本ばかり読んでいるから、そんなことはあまり気にならない。

この家に来たとき、パパといっしょに図書館の利用者カードをつくった。あたし、はじめは信じられなかった。あれだけの本をぜんぶ読ませてくれて、しかもお金を取らないなんて。だから、図書館って大好き。

それはさておき、パパにシーダー屋敷の仕事が決まるまでは、クリスマスをどう過ごすのかちょっと心配だった。去年のクリスマスのようなことは、もうごめんだったから。この家のほかの人たちは親や親戚のところへ出かけてしまったのに、あたしにはおじいちゃんもおばあちゃんももういないし、パパは一人っ子だし。でも、あのときいちばんこたえたのは、パパがアルバイトをしているアフレックス・パレスがクリスマス休暇の四日間まるまる店を閉めたことだった。

アフレックスはあたしが世界中でいちばん好きな場所。見かけは、むかしアフレックス・アンド・ブラウンというデパートだったというだけの古い三階建てのショッピング・センターでしかない。どの階にも、ちまちました露天のような店や屋台みたいに小さな店や、それよりほんの少し大きい店が所狭しと並んでる。まるで片づけがへたな人が小物でいっぱいの人形の家の整理をまかされてしまったみたい。

アフレックスには、ミートパイや豚の足などという食料品はない。あるのは、古着、銀製のアクセサリー、お香、あらゆる色のがっしりしたブーツ、ベルベットのベストや帽子、パッチワークのズボン、手染めのＴシャツ、飴玉ぐらいの琥珀色のビーズ、中南米やアフリカの民芸品、絵はがき、古いレコード、ロックのテープ、レースやシフォンのスカーフ。それに、コーヒーショップ。そこに入って腰をおろすと、あたりに漂ういろんなにおいをかぐことができる。アフレックスはいつもごったがえしている。学生たちが連れだってぶらぶら歩いているし、おなかをすかしたホームレスにとっても、雨の日を過ごすのにはいい場所だ。マンチェスターはほんとによく雨が降るから、ピカデリー駅やアーンデールセンター・デパートで物乞いしていた人たちも雨の日にはよくここで見かける。たいていの人は目を向けないけど、あたしはつい見てしまう。若い物乞いたちはみんな疲れきった顔をしている。そして、年を取った人たちにはどきっとさせられる。パパがあの人たちみたいになったらどうしよう。証券取引所の前でラジカセから流れる音楽に合わせて歌い、通行人から小銭を帽子に投げいれてもらってる姿も想像できるから。

パパのアフレックスでの仕事は不安定なものだ。Ｔシャツ屋の店番を毎日二、三時間しているだけだ。あたしは何時間でも楽しくアフレックスのなかを歩きまわることはできたけど、買うお金なんてない。

そんなときに、シーダー屋敷での新しい仕事の話が出てきた。Ｔシャツ屋のビルがパパに教えてくれたんだ。

「クリスマス休暇中、ディズベリのシーダー屋敷を開けるそうだ。改装はすんでいる。年明けには学校として使われるそうだが、クリスマスの間だけ年寄りのために使うんだとさ」

*

面接に行く途中で、あたしはパパに「そのお年寄りたち、どこから来るの？　まさかホームレスじゃないんでしょ？」ときいた。

「もちろんさ」パパはいった。「老人ホームのなかには、クリスマスには閉めるところがあるんだ。子どもや親戚を訪ねる人が多いし、ホームで働いてる人にも少しは休みが必要だろ。あの屋敷に来るのは、そうだなあ、身寄りがなくて、たぶん訪ねるところもない人なんだろうな」

あたしもいっしょに面接に行くことになっていた。どんなに身ぎれいで行儀がよくてお屋敷で役に立つ子か、あたしを責任者のブライトソンさんに見てもらおうとパパが思ったからだ。

「こうでもしないと、あの人はおまえを最低の女の子と想像するだろう。ティーンエイジャーの娘がいるといったら、黒い革の上着を着て鼻にピアスをした子を想像するにきまってる！」

あいにく、あたしはそんな子じゃない。小柄で、髪の毛は金髪で長い。黒のジーンズをはいて、いちばんいいセーターを着ていた。リサイクル・ショップで三ポンドだったフェア・アイル柄の手編みのセーターだ。

パパは、ブライトソンさんに気に入ってもらえた。いつもよりカウボーイを気取らなかったし、男親だけでこんなにきちんと娘を育ててきたことを認めてもらったみたい。

「すばらしいお嬢さんね、エドワーズさん。クリスマスの間、進んで手を貸してくれるんじゃないかしら」といわれた。

あたしは、おしとやかにうなずいた。こうやってパパは仕事を手に入れ、「イェーイ!」と叫んで、このすてきな手帳を買ってくれたんだ。

もう十五ページも書いてしまった。

今夜荷造りをして、明日シーダー屋敷へ、町のなかでも庭園や木立ちが多い地区へ引っ越す。顔色の悪いホームレスたちが門口にうずくまって、「お恵みを」と書いた厚紙をかかげてる姿を見ることはもうなくなるんだ。

＊

ずっとむかし、シーダー屋敷は一家族だけの家だった。どうやってこれだけの部屋を使いきれたのか想像もつかない。吹き抜けの玄関ホールから階段をのぼると、廊下にそって寝室が二十ある。寝室のドアから廊下に出て手すりから下をのぞくと、玄関ホールが見渡せる。子どもが十五人いたとしても寝室は二階だけで十分だから、一階の部屋はいろんなことに使える。舞踏会用の大広間、客間、図書室、音楽室、晩餐会用の食堂、ビリヤード室。ブライトソンさんはどの部屋もまだむかしのままの名前で呼んでいるけど、あたしには、ベージュ色の肘かけ椅子やソファーの並ぶ平凡で古くさい休憩室や、いくつものテーブルをオレンジ色のプラスチックの椅子が囲んでいる食堂にしか見えない。四角くて大きな家で、なかでは音がよく響いた。

そして、クリスマスの間をここで過ごす十人ほどの老人たちは、この家をすみからすみまで見て歩いたあと、客間のストーブの近くやむかし図書室だった部屋にあるテレビのまわりにいつも集まっていた。ひとりでいるのが心細いのだろう。

あたしははじめ、この人たちのことが少し心配だった。だれもがか細くて、小さくて、しわくちゃ。すごく注意して歩いてた。ちょっとぶつかって骨折でもしてはたいへんと思っているのかもしれない。多くの人の指が木の根っこみたいに見えた。元気よくあちこちを歩いたり、走ったり、料理したり、運動したりするところなんて想像できなかった。これが最初にあたしが思ったことだったけど、みんなと話しているうちに、いろんなことがわかってきた。トーマスさんが娘時代にテニスの州チャンピオンになったこと、バランタインさんがバレリーナだったこと、シンプソンさん（わしのことはほんとうはシンプソン軍曹と呼ばなければだめなんだぞ）は戦争中、勇ましい兵隊で、砂漠を戦車で走りまわってたってことも。

「みんなの人生が、そんなすごいものだったなんて知らなかった」あたしはシンプソンさんにいった。

「わしらが持っているものはな、」シンプソンさんはあたしを見てうなずき、ふしくれだった指で空をついた。「歴史ってやつだ。わしらはみんな、〈過去〉を持っている。だが、〈未来〉はたいしてない、だろ？」シンプソンさんは毎回、これをすばらしい冗談だと思っていってるようだ。でも、あたしが感心したのは、最初の一度だけ。

ブライトソンさんはここの責任者で、老人たちを〈年輩の方〉と呼んでいる。パパは屋敷のこまごました仕事ぜんぶと、人の出入りをチェックする門番みたいなこともしなければならない。ほかにはお手伝いの女の人がふたりいて、看護とも掃除ともつかない、その中間のような仕事をしている。

それから、ルビーっていうコックさん。この人に会ったとたんに、「たぶんこ、の人だ」とあたしは思った。じつは、あたしは四、五歳のころからずっと、お母さんになってくれる人を探してるの。だれにもいったことはないけど。とくにパパは父親と母親の両方をやろうと一生懸命だったから、「いままでずっとうそをついてた」とか「そうなの、お母さんがいなくて寂しい」とかいうのは失礼だもの。それに、このごろはまえほどお母さんが欲しいとは思わない。この何年もの間に慣れて、ふだんはお母さんのことはちっとも考えない。でも、クリスマスの時期だけはだめ。テレビのコマーシャルがぜんぶ、大きな七面鳥にグレイビーソースをかけたり、子どもたちがプレゼントを開けるのをにこにこうれしそうにながめたりしてるエプロン姿の母親をうんざりするほど映しだすから。あれには、耐えられない。

お母さんのことはほとんど思いだせない。パパはあたしのために写真を何枚か残しといてくれたけど、燃やしてしまったものも多い。お母さんがいいにおいだったことは覚えている。それに、美人で人なつっこい顔をしてたような気がする。家出して、夫や娘を置き去りにするような人には見えなかった。むかしは、あたしがなにかしたことが原因で出てったんだと思ってたけど、パパは「違う。ほかに男がいただけだ。ラジオから流れる歌のように」っていう。それなら、どうしてお母さんから連絡がないの？　そこが知りたい。でも、パパの返事はいつもおなじだ。

「あいつにはつらすぎるんだろ。おまえのことを考えるたびに、きっと罪の意識を感じるんだ」

お母さんは不幸せってことが大嫌いな人だったと、パパはよくいった。あたしはわかったみたいにうなずいたけど、いつもどこかで思ってた。「じゃあ、あたしはどうなの？　あたしだって、不幸せなのはいや。こんなの不公平よ」って。

お母さんのことはとっくにあきらめた。でも、だからって、新しい、もっといいお母さんを探すのをやめたわけじゃない。パパにはガールフレンドが何人かいたけど、ひとりも長つづきはしなかった。理由はいわないけど、きっとあたしのせいだろう。その人たちがあたしを娘にしたくなかったからだと思う。でも、パパにはいったことがない。それは違うというだろうか。パパから見ればあたしは最高にいい子だけど、ほかの人がおなじ感じ方をするとは限らないのに。

それにしても、ルビーは完璧だ。気さくで、いかにもママって感じの美人で、陽気な青い目をしてるし、抱きつきたくなるくらいすてきな人。おしゃべりしてもいやがらないし、食事の支度も手伝わせてくれる。それに、パパとおなじぐらいの年に見える。コックさんだから台所にいることが多くて、パパとはほとんど顔を合わすことがない。でもあたしは、このほうがかえってうまくいくかもしれないと思った。ルビーは、まずあたしを大好きになる。それからパパの人柄もわかってくれて、いつかパパの腕のなかに飛びこむ。そうして、あたしたち三人で幸せに暮らせるはず。

あたしは、ルビーが結婚してるかどうか一生懸命探りだそうとしたが、うまくいかなかった。ルビーは話し好きだけど、自分のことはあまりいわない。子どもがいるかきこうと、あたしは何度も口を開きかけたんだけど……。

「ねえ、クリスマスにはなにをもらうの?」ルビーは、ある日あたしにきいた。

「まだ買ってないからわからない」

ルビーは野菜を切ってた手をとめて、こっちを見た。あたしはあわててつけくわえた。

「パパは、あたしの欲しいものがまるっきりわからないんだって。だからといって、あたしが欲しくないものにお金を使うのもばかばかしいでしょ。それで、あたしが自分で選ぶの。あたしからパパへのプレゼントもいっしょに。だいたいいつも靴下。違うものが見つかるときもあるけど」

ルビーは首を横に振っただけで、なにもいわなかった。あたしは話題を変えた。

今晩パパに忘れずにお金をもらわなくちゃ。クリスマスはもうそこまで来てるんだから。

＊

今日、あたしはいつもの年より早くプレゼントを買った。こんなすてきなものは、はじめて。包みを開けるクリスマスの朝が待ちきれない。これが見つかったのはほんとに幸運だったと、すごく驚いている。いっときは、なにも買えないんじゃないかと思ったから。

今朝いちばんに、あたしは大金持ちになったような気分で街へ向かった。財布には五ポンド札が三枚入っていた。

「おまえに十ポンド、おれに五ポンド。ごまかそうったってだめだぞ」とパパにいわれた。

クリスマスの買い物って、ほんとにいやだ。歩道には人があふれているし、どこの店でもボリュームをいっぱいにしてクリスマス・ソングをガンガン流してる。赤と緑の飾りもけばけばしい。それに、綿のひげがとれかかったまぬけな顔のサンタクロースたち。はでな飾りのいちばん少ない場所はないかと考えて思いついたのがアフレックスだったから、そこへ行くことにした。ほとんどの店主と知り合いだし、〈銀の鐘とトリガイの貝殻〉という店には、あたしがいいなと思える指輪が十ポンド以下で売ってるから。

　ピカデリー駅でバスをおりると、みぞれが灰色の空から落ちはじめた。コートの襟を立てながら、スカーフか帽子を持ってくればよかったと思った。なぜここでは雪が降らないんだろう。白い雪が舞いおちて黒い歩道のごみをおおってくれれば、白いふかふかな絨毯になってみんなで踏んで歩けるのに。ここでは雪の代わりに冷たいみぞれが針のようにちくちく刺し、風が顔を切るように吹きつけてくる。

　ルイス・デパートを通りすぎて、デブナムズという店のほうへ道を渡った。そのとき、やせた女の子と犬が目に入った。女の子はジーンズをはき、きゅうくつそうなデニムの上着を着ていた。髪を短く刈りこみ、指なし手袋をはめて、幽霊みたいな顔をしていた。犬は黒くて、あばら骨が見えるほどやせていた。女の子は、「お金をください」と書いた紙を持ちあげることさえしていなかった。めがね屋とその隣の店のすきまに、自分と犬の体を押しこんでいた。胸がどきどきしだした。あたしはいま、こんなにお金を持っている。あたしにはこんなにあるのに、あの子にはぜんぜんないなんて……。そばを通ると、犬がこっちを見てクンクン鳴いた。あたしは財布から五ポンド札を一枚出して、女の子に近づいた。

「メリー・クリスマス」あたしはいった。

女の子はあたしとおなじくらいの年なんだろう。微笑んで、そのあと眉をひそめた。

「いいの？　多すぎるわ」女の子は小声でいった。

「いいの。たくさん持ってるから。ほんとよ」

そのとき、女の子は妙なことをいった。それは昼間に人通りの多い街中でいわれるようなことばではなかった。まるで教会で聞くようなことばだった。女の子はとても澄んだ灰色の目であたしを見ると、やせた青白い手をあたしのコートの袖に置いた。

「あなたは、よき報いを与えられるでしょう」

犬を連れたその子と別れたあと、しばらくはいい気分だった。あたしは親切で心の広い人間。だれかを少し幸せにして、それで自分も幸せになれたと思って。でもすぐに、自分とパパのためにはもうたった十ポンドしかないことに気づいて、ため息が出た。パパのためにうんと安いものでも見つけなければ、これだけでは指輪は買えない。そう思ったことに気がとがめた。

それから、ちょっと後ろめたい気分でアフレックスを歩きまわった。じっくり見るというよりは、ただあちこちに目を走らせながら。

いまあのときのことを思いかえすと、パパへのプレゼントはあのときあたしのすぐそばで飛びあがり、手招きしながら、「ぼくを買ってよ！　プレゼントはぼく！　パパの欲しいのはぼくだってば」と叫んでいたような気がする。

あのときあたしは、〈銀の鐘とトリガイの貝殻〉で指輪のトレイを見ながら落ちこみはじめていたんだ。気に入ったもので買えるのはひとつもなかったから。そのとき、目のすみでなにかがきらっと光った。銀とトルコ石だ。よく見ようとくるっと向きを変えた。

「新しく仕入れたの。ウェスタン・スタイルのループタイよ」店主のメアリメアリがいった。

トルコ石入りの銀の止め具がついた革ひものループタイ。これならパパが気に入ってくれるはずだ。値札を見ると、六ポンド九十九ペンスだった。迷わず買ってしまった。残りはもう一ポンドコインが三個と一ペニーだけだけど、これは自分でまいた種。たとえあたしの今年のプレゼントがみすぼらしいものになったとしても、悪いのは自分で、だれのせいでもない。

「お嬢ちゃん、まるで『一シリングなくして、六ペンス見つけた』みたいな顔をしてるね。いまはシリングなんていうお金の単位はないけど、むかしは、お金をなくして少ししか見つからなかったときに、よくこういったものさ」と、後ろから声がした。

声のほうに振りむくと、はじめて見る店があった。〈思い出は炎のなかに〉という店の名がカウンターの前の看板に書いてあった。大人三人が入れるか入れないぐらいの小さな店だった。

壁には紫色のベルベットの布がかけられ、どの棚にもろうそくが並べられていた。

「こんなにたくさんろうそく見たの、はじめて！　このお店、できたばかりなの？」

カウンターの女の人は少し考えてから笑顔でただこういった。

「今日はここで、明日はどこかで」

アフレックス・パレスの人はみんな少し変わってるけど、なかでもこの人は際立っていた。いくつぐらいなのか見当もつかない。髪の毛は白いのに、少女のように肩のところでカールさせていた。両腕には手首から肘までブレスレットがびっしり。しっぽをくわえている金色のヘビのブレスレット、銅や琥珀、絵の描かれた木製のものもあった。服は、どこがどうなっているのやら。布が流れるように体にまつわりついたり、ひらひら広がったり、ひだをつくったりしながら幾重にも巻きついていた。歯並びは悪かった。顔にはしわがほとんどなく、目は黄色く澄んで、黒猫の目みたい。あたしはちょっと体が震えた。この人、気味が悪い！

「なんて名前なの？」その人はやさしくきいた。あたしが少し怖がっているのを感じとったようだ。

「エミルー・エドワーズ」と答えてから、つけくわえた。「ここのろうそく、すてきね。あたし、ろうそくにこんなにたくさんの種類や色があるなんて、知らなかった」

「よろしく、エミルー。あたしはクレイオー。そう、いろいろなろうそくがあるのさ。いろいろの……」クレイオーは周囲を見回して、ふさわしいことばを探していた。「夢や望み、それに思い出があるだろ。それとおなじぐらいいろいろね。ここには、ひとつひとつの望みをかなえるろうそくがある。忘れさせるものも、愛のないところに愛の火をともすものもある……そうだよ、ろうそくには想像もつかない力がある！　それぞれの時と場合にふさわしい色と形がある。ぜんぶ、あたしの手づくりさ。入って、よく見てっておくれ」

　クレイオーがわきに寄ったので、あたしはカウンターのなかに入った。洞窟みたい、と思った。あたしとクレイオーが歩きまわれるほどの広さがあるのにも驚いた。

「このお店、見た目より大きいのね」あたしはいった。

「たいていのものは見た目とは違うのさ。そのうちわかるだろうけどね」

「それに、こんなにたくさん……たくさん見るものがあるのね」

　ろうそくだけでなく、いろんな宝石を溶かしたように見えるオイルの小びんもたくさんあった。バスケットには水晶がいくつも入ってて、明かりの当たったところがきらきら輝いていた。別のバスケットには、重くて手触りのいい大理石でできた卵がいっぱい入っていた。この卵を買うしかないのかもしれない。たった一ポンド九十九ペンスだもの。ピンクのやつにしようとした。と、そのとき、そのろうそくが目に入った。とたんに、いま思えばばかみたいだけど、これはあたしのろうそくだ、と直感した。手が出ないほど高かったら、どうするつもりだったんだろう。

ろうそくは緑色をしていた。でも、それだけではこのろうそくの魅力はいい表わせない。世界中のあらゆる緑色（海、森、葉、草、エメラルド、ひすい、ライムの実）を混ぜ合わせて、円筒形のような形に固めた感じだった。表面には植物にも、葉っぱにも、渦巻く波にも、小さな竜にも見える模様が彫ってあった。なんの模様かはよくわからないけど、ろうそく一面に螺旋状にからみつき、まるで成長をつづけている生き物のようだった。

「あれ、すてきね」あたしは、そのろうそくを指さしながらいった。「でも、高いんでしょ。あたしもう、お金、あんまりないから」

「これはね、とても特別なものなのさ。香料入りのろうそく。かいでごらん」

　クレイオーはあたしの前にそれを置いてくれた。あたしはかがんで、鼻いっぱいにその香りを吸いこんだ。記憶に残ってるお母さんのにおいがした。どうしてもこれが欲しくなった。

「これ、あたしのお母さんのにおいにそっくり。ずいぶん小さいときから会ってないけど」

　クレイオーは微笑んだ。「それは過去のにおいだよ。火をつけるとわかるよ」

「あたし、絶対にそんなことしない。燃えつきてもらいたくないもの」

「クリスマスの日には必ずともさなきゃだめだよ。そうするって約束しないと、売らないよ。約束できないなら、買えないように値を上げるからね」

　あたしはため息をついた。やっぱりピンクの卵を買うしかないな。あれなら少なくとも、一月になっても持っていられる。ただ燃えつきてしまうだけの一本のろうそくが欲しいの？　それこそお金の無駄じゃない？　あのとき、あたしはどうかしてたんだ。「じゃあ、やっぱりいらない」という代わりに、「わかった。約束する。それ、いくら？」っていったんだ。

「三ポンド一ペニー。偶然だね」クレイオーはいった。

あたしはクレイオーを見つめた。財布にいくら入ってるか、どうしてわかったんだろう。黄色い目がカンテラのように光った。あたしは震えあがった。X線の目だ。まるでSF映画のなかに入りこんだみたい。あたしはばかげた考えを振りはらおうと、頭を揺すった。それから、カウンターの上に財布の中身をぜんぶ出した。

「家までのバス代はあるのかい？」クレイオーがきいた。

「えっ、うん。別にしてあるの。クリスマス・プレゼント用のお金とは違うから」

「それはよかった。さあ、ろうそくを包んであげよう」クレイオーは紫色の薄紙を取りだして、あたしのすてきなプレゼントを包みだした。ふたりともなにもいわなかった。あたしはなにかいわなきゃと思って、こういった。

「お店の名前、すてきね。『思い出は炎のなかに』っていう歌があるのよ。ウェイロン・ジェニングスが歌ってるの。彼の歌、知ってる？」

クレイオーは首を振った。「名前も歌も聞いたことはないね。悲しい歌なのかい？」

「男の人がね、手紙や写真やなんかを燃やすの。奥さんを思いだしちゃうものはぜんぶ。奥さんがその人を置いて、出ていっちゃったから」

「それなら、とても悲しい歌なんだね」クレイオーは微笑んだ。「さあ、できたよ。ふつうはこんなことしないんだけど、紙袋もつけてあげたよ。約束を忘れないでおくれ」

バス停へもどりながら、薄紙に包まれたろうそくのことを考えていると、心が温かくなった。女の子と犬はめがね屋さんの横からいなくなっていた。たぶん、暖かい明かりとすてきな食べ物がたくさんあるコーヒーショップで、おいしいものを食べているんだ。足を踏みだすたびに、手にさげている袋のなかでろうそくが揺れた。たぶん、これがあの子がいってたことだ。たぶん、このろうそくがあたしへのよき報いなんだ。ああ、明日がクリスマスだったらなあ。はやく二十五日になるといいのに。

＊

昨日、クリスマスは終わった。今日はボクシング・ディ。なんということもない退屈な日だといつも思う。日曜日みたいだけど、もっといやな休日。あたしのろうそくは、ティーカップの受け皿にのったただの緑色のろうのかたまりになってしまった。でも、価値のあるものだった。あたしたち、そう、あたしたちみんなが魔法のひとときを過ごしたんだ。あのときのことはもうあたしの頭から消えはじめている。忘れないうちに、なにが起こったか書きとめておかなくちゃ。だれかほかの人がこれを読んでも、たぶんあたしの話を信じないだろう。きっとみんなは「クリスマスにはよくあることさ。飲みすぎて……こってりしたごちそうを食べすぎて……幻を見たとしても不思議じゃないね」っていうだろう。

あたしは、ゆうべのことはだれにも話していない。みんなは知ってるのかもしれないし、知らないのかもしれない。あたしの頭のなかだけで起こったのかもしれないし、そうじゃないのかもしれない。ただひとつ確かなのは、あたしのろうそくが原因だっていうこと。なにが起こるか、クレイオーにはわかっていたんだ。絶対にあのろうそくのせいだ。あれに火をつけるまでは、すべてがいつものとおりだったんだから。

朝早く、パパとプレゼントを開けた。予想どおり、パパはループタイを見て「イェーイ！」って叫んだ。そして、パジャマのままでそれをつけた。あたしのろうそくにはちょっと面食らったみたいだった。でも、最後には「そうだな、それがおまえの欲しかったものなら……」といい、ひげをそって着替えをすると、朝食の準備をしに出ていった。

あたしたちは毎日、みんなでいっしょに晩餐会用の食堂で食事をする。いつもの席に着くと、プレゼントの小さな山があたしを待っていた。どぎまぎして、目のやり場に困ってしまった。

「ねえ、プレゼント、開けたら」バランタインさんがいった。あたしは真っ赤になって、包み紙を破りだした。石けんとチョコレートとレースのハンカチ。どれもほんとうにささやかなものだった。でも、世界中でいちばんすてきなプレゼントをもらったような気分だった。ルビーからは五ポンドの図書券をもらった。

「エミルーはいつも本を読んでるからね」とルビーはいった。あたしはとてもうれしかったので、ベーコンを小さく切ってるおじいさんを手伝っているルビーのところへ行って、ぎゅっと抱きついた。

「ありがとう。困ったわ。あたし、だれにもプレゼントを用意してないの。ほんとうにごめんなさい」あたしはみんなにいった。そんなこと、いいんだよとか、クリスマスはほんとうは子どもたちのためにあるんでしょとか、みんながいってくれた。あたしはつづけていった。

「その代わりに、あたしがもらったプレゼントのひとつを、ディナーのときに、みなさんにお分けします。それを使うと、なにもかもがすごく特別なものになるんです」

このときには、どんなふうに特別なものになるのか、自分でもまるでわかっていなかった。朝食のあと台所に行って、ルビーがクリスマス料理の仕上げをするのを手伝った。ルビーは調理台の前に立って、シェリー酒のコップを横に置いていた。お酒を飲んでなかったら、あんな話はしなかったと思う。

「わたしの娘はエミルーより少しだけ年上になるのかな……」ルビーは笑いながらいった。「この時期にはいちばん、あの子のことを考えるの。みんながいってたことは、ほんとよね。クリスマスは子どもたちのためにあるって。わたし、ふだんは平気なんだけどね」ルビーの頬をもう涙が流れていた。「ティッシュをくれない、ルー。さあ、もうこの話はやめましょ。こんなの酒飲みのたわごとだわ」

「死んだの？　ルビーの娘さんって」あたしはきいた。

「死んだようなものね。生後一週間のときから会ってないんだから」

きっとあたしが、きょとんとした顔をしてたんだと思う。ルビーがつづけてこういったから。

「養子に出したの。よくあることだけど、みんなが、医者も両親もわたしまでも、それが結局はいちばんいいんだと思った。あの子の父親は……そのずっとまえに姿を消してしまっていた。養子に出すのは悪いことじゃない、って大勢の人がいうし、わたしもそのことばを信じた。この子によりよい人生のチャンスを与えてやりなさい、ってみんなにいわれたわ」ルビーはコップのシェリー酒をまたひと口飲んだ。「でも、あの人たちは間違ってたのよね。そうじゃない？　あれから何年もたったいまでも、わたしはあの子が恋しいのよ。夫のマイクが生きてたころは、これほどじゃなかったの。わたしたちの子どもができるかもしれないと思ってたから。でも、マイクはもういない……そう、確かにもうどうしようもないわ」

「また結婚したらいいじゃない」あたしはパパのことを考えながらいった。「自分の子じゃなくても、だれかほかの子の母親になれるよ」

ふいに、いいことを思いついた。クリスマスが終わってアフレックスが開いたらすぐに、クレイオーの店にもう一度行って、惚れ薬みたいなのを買おう。クレイオーは奇跡を起こすものを持っているにきまっている。あたしはもうひとつ芽キャベツを取って切りこみを入れながら、ひとりでにやっと笑った。

クリスマスのディナーはとても楽しかった。みんな、これ以上食べられないというほど食べた。それからあたしは、ティーカップの受け皿にのせてディナー皿の横に用意しておいたろうそくに火をつけた。炎が明るくなるにつれて、ろうそくの芯から淡い緑色の煙がひと筋、午後の空気のなかに渦を巻いてのぼりはじめた。煙が上へ上へとのぼっていくのがはっきり見えた。広がって消えたりはしなかった。天井の近くまでのぼると、靄でできたリボンのように、まとまった形になった。「時間」があたしのまわりにぐるっと大きく広がっていくような気がした。テーブルにいた人たちはだれも、なにもいわなかった。

「このまま、ここで眠ってしまいそうだわ」ローズベリーさんというおばあさんがいった。

「あたしもよ」ルビーがいった。

「おれもひと眠りできたら、ありがたいな」パパがいった。

ふと気がつくと、あたしはたったひとりで晩餐会用の食堂に座っていた。目の前のテーブルにはまだみんなで食べたディナーの残りなどがのっていた。窓の外はもう暗かった。明かりはあたしのろうそくの炎だけ。変だわ。部屋を出るときに、だれかが電気を消したのかしら？ 椅子から立ち上がり、ろうそくがのっている皿を手に取ると、テーブルから窓のほうへ視線を移した。すぐに、部屋全体が変わっていることに気づいた。さっきまであそこにあった明るいストライプの木綿のカーテンはどうなってしまったの？ いまは窓にベルベットのカーテンがさがっている。それに、ろうそくの黄色い光で、上のほうにクリスタルのシャンデリアがあるのもなんとなくわかった。あれっ？ あたしたちのディナーの残りや食器がのったテーブルもなくなっている。なにかとても奇妙なことが起こっていた。ほかの人たちを探そう。そうすれば、なにもかもがもとどおりになると思った。あたしはろうそくを持って食堂を出ると、二階へ行った。

あのとき見たものをどう表現すればいいんだろう。あたしは部屋から部屋へとドアをノックしてまわった。「どうぞ」とはいわれなかったけれど、すべてのドアを開けた。そして、みんなの過去の一場面（これ以上うまくいえない）と出合ったんだ。過去のことだとわかったのは、だれもがとても若く見えたから。あたしが見たのは現実の場面、つまり生きかえったほんとうの思い出だった。

パパの部屋へ入ると、膝にあたしをのせてるパパがいたんだ。あたしは二歳ぐらいで、新しい人形を、足をつかんで振りまわしてた。きれいなお母さんがあたしに微笑みかけ、投げキスをしていた。あの人形はもうすっかり古ぼけているけど、まだ持っている。あたしたちは、むかし住んでた家にいた。あの家のことはなんにも覚えてないと思っていたのに、絨毯の模様に見覚えがあった。それに、たんすの上には、うちでいちばん古いレコードのジャケットがあった。あたしが名前をもらったエミルー・ハリスの『エリート・ホテル』。部屋のすみにはクリスマス・ツリーまであって、いろんな色の球や星、銀紙で包んだ小さなチョコレートがぶらさがっていた。パパはすごく幸せそうだった。あんなパパ、見たことがない。あたしは、あとで思いだしてこの手帳に書いておけるように、ひとつひとつ細かいことに注意しながらこの光景を穴の開くほど見つめた。そしていま、こうして書いてるんだけど、記憶はもうちょっとぼやけている。夢でも見ていたように。でも、あれは夢じゃない。

パパの部屋のドアを閉めたとき、シンプソンさんの部屋でだれかが賛美歌を歌っているのが聞こえた。ラジオをつけてるんだと思った。ドアが少し開いていたので、そのすきまからこっそりなかをのぞいた。壁、天井、窓……なにもかもが消えていた。気がつくと、あたしはどこかの玄関の外、ヒイラギのリースが飾ってあるどっしりした扉の前にいた。雪が降っていた。肩の上にほんとうに雪がうっすらとかかっていた。シンプソンさんがいた。ずっと若かったけど、シンプソンさんだとわかった。カンテラを持ち、聖歌隊の指揮をとっていた。シンプソンさんの声もほかの人たちの声もきれいにさえて、夜空にのぼっていった。突然扉が開き、明かりが流れでて暗い歩道に黄金色の三角形をつくった。歌い手たちが家のなかに入っていった。温かくて甘いワインや、アーモンドと砂糖をまぶし、赤いリボンで飾ったクリスマス・ケーキをごちそうになるんだな、とあたしは思った。

振りむくと、ドアが開いていて、あたしはシーダー屋敷の廊下にいた。あたしはバランタインさんの部屋へ向かいながら、シンプソンさんの部屋はどこへいっちゃったんだろうとぼんやり考えていた。バランタインさんの部屋もやっぱり変わっているのかな、とも考えていた。

バランタインさんの部屋のドアは閉まっていた。返事がないのはわかっていたけど、ノックした。ちょっとためらってから、ドアを開けた。どこかの客間だった。部屋のすみにクリスマス・ツリーがろうそくの明かりで輝いていた。何人もの人がソファや椅子に座って、なにかのショーがはじまるのを待っているようだ。演技をする場所が空けてあった。あたしは、小さな男の子がマザー・グースの「ジャック・ホーナーぼうや」の唄を暗唱し、もう少し年上の少年がバイオリンを弾くのを見た。次に、少女のバランタインさん（十五歳ぐらいに見えた）が真っ白のチュチュにピンクのサテンのトウシューズ姿で現われた。トウシューズは真新しかったから、その朝もらったものにちがいない。薄紫のドレスを着た女の人がピアノの前に座って弾きだすと、バランタインさんが優雅に踊ったり、くるくるまわったり、さっと身をかがめたりした。短いスカートがふわふわし、トウシューズが床の上で淡い光を放った。踊りが終わると、みんながどっと拍手をし、ほめそやした。幼い男の子がお客さんたちにチョコレートを配ってまわった。

あたしは、緑のろうそくを持って部屋から部屋へと歩いた。どの部屋にも、幸せそうな人がいた。みんな、いままでに見たことがないほど幸せそうだった。トーマスさんは、自分の子どもたちにクリスマスのごちそうを取りわけていた。たぶん、あの子たちが今年は母親をこのお屋敷で過ごさせようと決めたんだろう。

最後に、あたしはルビーの部屋にいった。ルビーもそこにいた。とっても若いルビーが、夜中の二時に台所で姉さんたちがミンスパイをつくるのを手伝っていた。つくりながら、みんなで歌ったり、くすくす笑ったりしていた。みんな、幸せそうだった。

あたしが見てきた人は、だれもが幸せだった。

あたしは自分の部屋へ行って、ろうそくを見つめた。ろうそくが燃えつきたあとの緑色のかたまりを。ベッドで横になったとき、あたしは思った。まるでみんなのいちばんだいじな思い出を見ていたみたい。休日のスナップ写真が動きだしたみたいな……みんなのいちばん幸せだったクリスマス、過去のいちばんすてきなひととき、それがほんの少しの間もどってきたんだ、と。あたしは目を閉じて、眠ってしまった。

＊

あたしはろうそくのことを話すつもりはなかった。でも二、三日して、パパがいった。

「ルビーがクリスマス・プディングになにを入れたのか知らないが、おれはあの午後、すごくいい夢(ゆめ)を見たんだ。もうはっきり思いだせないが、すばらしかったのは確(たし)かだ。ちっちゃかったころのおまえがいた。それは覚(おぼ)えてる。ほんとにあの夢(ゆめ)はよかったなあ」

「ルビーのプディングのせいじゃないよ。あたしのろうそく。あたしのあのろうそくの煙(けむり)が、みんなを眠(ねむ)らせたの」

「きっと、みんなもいい夢(ゆめ)を見たんだろうな」パパはそういうと、みんなも見たんだよ、とあたしが答えるまえに、どっかへ行ってしまった。

＊

いいニュースと悪いニュースがある。いいほうは、ブライトソンさんがパパの仕事ぶりに感心して、四月からここではじまる学校の用務員(ようむいん)になってくれといってくれたこと。あたしは転校しなきゃならないけど、慣(な)れてるから平気。小さいころはしょっちゅう引(ひ)っ越(こ)ししてた。パパはもうちゃんとした仕事につくことになったんだから、たぶんここに落ちつくだろう。

悪いほうは、あたしがアフレックス・パレスに行けないでいるうちに、ルビーがいなくなったこと。クレイオーにちょっと手伝ってもらえたら、ルビーはあたしのママにぴったりだったのに。パパにそういったら、大笑いされた。

「ルビーのことはなかなかいいと思ったぞ、ルー。だがな、おれのハートはときめかなかった。そういうこった」

パパがしゃべってるとき、すてきな考えが浮かんだ。

「このお屋敷は女子校になるの？」

「そうだ。女の子だけの五歳から十一歳までの。ブライトソンさんは寄宿制の私立小学校っていってたな。上流家庭の子のための学校で、学費もお高いんだとさ」

上流家庭の、学費もお高い学校なら、先生もたくさんいるだろう。先生のひとりがパパと恋をするかもしれない。あたしだって、上流でお高い先生が用務員にそうそう関心を持つとは思わない。だから、絶対にクレイオーの助けがいるんだ。明日、相談にいこう。

*

今朝、あたしはアフレックスへ行った。バスをおりるとひどい雨で、アフレックスに着くころにはびしょぬれになってしまった。だれにきいても、クレイオーのことを知らなかったし、

〈思い出は炎のなかに〉という店もどこにもなかった。

バス停にもどる途中、ずっと泣きたい気分だった。でも、そのときあの女の子が、あたしが五ポンドあげたあの子が目に入った。やせた黒い犬といっしょに、バック・ジョージ通りへまがって見えなくなった。するとたちまち、なぜかわからないけど、あたしは幸せな気分になった。たぶん、こう思ったんだ。パパは惚れ薬の助けがなくても自分で恋をする。もしだめでも、そう、あたしたちふたりでなんとかやっていける、って。

ピカデリー駅でバスに乗りこんだ。そのとき、太陽が雲間からぱっと顔を出し、シーダー屋敷へ向かう道の水たまりがどれもきらきらときらめいた。

訳者あとがき

一九九〇年代の初め、イギリスのスコラスティック社から三年続けてクリスマスを題材にしたハードカバーの短編集が出されました。出版年順に *Haunting Christmas Tales, Chilling Christmas Tales, Mysterious Christmas Tales* の三冊で、いずれも現在では絶版になっていますが、そこに収録されていたのはすべて、イギリス在住作家による書き下ろし作品でした。

本書はこの三冊の計二十八編から七編を選んで訳出したものです。

作品を選ぶにあたって注目したのは、原書一冊目のカバーに書かれていた「本書はクリスマスにゴースト・ストーリーを語り合うという慣習に基づいてつくった」という一節でした。このカバーでは「ゴースト・ストーリー」とひとくくりにされていましたが、三冊に収められていたのは幽霊話だけではなく、多種多様な不気味な話でした。従って本書でも、なるべく趣が異なり、おもしろく読めそうなものを採りました。

ところで、「クリスマスにゴースト・ストーリーを」というイギリスの慣習ですが、その由来ははっきりとはわかりません。シェイクスピアの『冬物語』に「冬のお話はこわいのがいい。

妖精やお化けの話……」という一節がありますから、クリスマスも冬であることを考えれば、少なくとも十七世紀にはさかのぼれそうです。でも、これが定着したのはヴィクトリア朝。幻想文学に詳しい風間賢二氏などによれば、産業革命で余暇ができ、政治的経済的にも安定したヴィクトリア朝の人々の好みと、チャールズ・ディケンズが大衆向けに編集した雑誌の〈クリスマス記念特大号〉に怪談を載せたこととがあいまって、このころにクリスマスのゴースト・ストーリーが盛んになり、慣習として根付いたそうです。

さて、それはともかく、本書の七編にはイギリスの伝統的なクリスマスの様子が描かれています。以下に、それを各作品に描かれている事柄の説明を兼ねて述べてみましょう。

【クリスマス】　十二月二十五日のイエス・キリストの生誕を祝うキリスト教のお祝い。しかし、クリスマスにまつわる慣習のなかには、紀元前にローマ人が十二月中旬に行なっていたサトゥルナーリア祭(農耕の神サトゥルヌスの祭り)やケルト人やゲルマン人の冬至祭など、ヨーロッパ諸民族の古くからの異教的なものが残っています。

【クリスマス・シーズン】　十二月二十五日のキリスト降誕祭を頂点に、その前夜をクリスマス・イヴ、当日を〈降誕祭〉または〈クリスマスの日〉と呼び、クリスマス・イヴから一月一日まで、または一月六日の十二夜（公現節）までを〈クリスマス・シーズン〉、〈クリスマスの休暇〉などと呼んでいます。十二月二十五日は公休日。なお、クリスマス前の約四週間は準備期間、待降節（アドベント）で、教会だけでなく家庭でもクリスマスの準備が始まります。〈降誕祭〉の翌日は〈ボクシング・デイ〉で、この日も公休日。日ごろ世話になっている使用人や郵便配達人などにクリスマス・ボックス（心づけ）を渡す風習があります。昔、教会にボックス（箱）が置かれて貧しい人たちへの寄付金を集め、クリスマスの翌日に分配したことが起源といわれていますが、現在はあまり行なわれていないようです。

【クリスマス・ツリー】樅、松、ヒイラギなどの常緑樹をクリスマスに飾る慣習は、命の象徴としてこれらの木を神聖なものと考えていたキリスト教以前、前述のサトゥルナーリア祭や冬至祭に起源をもっています。ヤドリギもゲルマン人やケルト人のあいだでは神聖な木として崇められてきました。キリスト教の布教により、それ以前に起源をもつこれらの慣習はほとんど失われましたが、ヤドリギを飾る慣習の一部は、枝を部屋の入口などに吊し、その下にいる人にはキスをしてもいいという形で、イギリス及びイギリス人移住先の各地で生きつづけています。

【リース（輪飾り）】　待降節に入って、家の玄関に飾られる輪飾り。樅、松、ヒイラギ、月桂樹などがよく使われ、赤と緑で飾られます。この二色はクリスマスには好まれる色で、赤は太陽の炎と生命力を、緑は農作物の生長を意味するという説や、ヒイラギの赤い実と緑の葉からきているという説があります。なお、ヒイラギは常緑樹で真冬に赤い実を結ぶことから、北国では再生と希望のシンボルとみなされ、イギリスではことに聖なる木として好まれているようです。

【ろうそく】　クリスマスには欠かせないもの。ろうそくを飾る習慣もキリスト教以前に起源をもちます。長い冬の、日照時間が短くなる十二月のこの時期、ろうそくも太陽の光を助けて再生を促すものとして好まれてきました。

【クリスマス・カード】　十二月に入って（ときには待降節のまえから）送りあい、送られてきたカードをツリーの横に並べたり、壁に貼ったりして楽しみます。商品として最初に作成されたのは一八四三年。一八七〇年代に、廉価でカラーの石版刷りカードが特別郵便料金で売りだされ、人気が急上昇しました。

【クリスマス・キャロル】　聖歌（キリスト教の賛美歌）や祝歌のこと。クリスマス・イヴに人々が集まって、クリスマス・キャロルを合唱しながら家々をまわる習慣があり、キャロリングと呼ばれています。

【クリスマス・プレゼント】　クリスマスに友人などにする贈り物。この習慣はキリスト教以前からのもので、ローマ時代のサトゥルナーリア祭には、人々は贈り物を交換しました。その後、キリスト生誕時に三賢人が贈り物を携えてきた故事や聖ニコラウスの伝説によって贈り物に独自の意義がつけくわえられ、今日に至っています。

【サンタ・クロース】　サンタ・クロースは、クリスマス・イヴにトナカイの引くそりに乗って、子どもたちに贈り物をする老人。四世紀のミュラ（現在のトルコのデムレ）の司教で後に聖人に列せられた聖ニコラウス（セント・ニコラウス）がモデルといわれています。彼は数々の善行のために、子ども、商人、船員、旅人などの守護聖人として敬われ、彼の誕生日の十二月六日は祝日となって、子どもたちに贈り物が配られました。（贈ったのはその前夜との説もあります）この習慣はヨーロッパの一部に今も残っていますが、ほとんどのところでは贈り物をするのはクリスマス・イヴに移行しています。

オランダでは、聖ニコラウスはシンタ・クラースと呼ばれます。この聖人への崇拝は、同地からニューヨーク地域に移民したプロテスタントを通じてアメリカ合衆国に入り、シンタ・クラースはなまって、サンタ・クロースになりました。

現在知られているような陽気で柔和なサンタ・クロース像の定着に一役買ったと思われるのが、アメリカのクレメント・ムーアが自分の子どもたちのために書き、一八二三年に新聞に掲載された詩「クリスマスのまえのばん」です。この詩では、小柄な老人のサンタ・クロースが空飛ぶそりと十二頭のトナカイを操り、煙突から子どもたちを訪れて贈り物を靴下に詰めることがうたわれています。

【ファーザー・クリスマス】 イギリスでは、サンタ・クロースのことをファーザー・クリスマスとも呼びます。しかし起源や歴史的背景は、異教時代の神々との関連を指摘する説などもありますが、はっきりとはわかりません。現在では、聖ニコラウス起源のサンタ・クロースとの区別がつかなくなっており、その一因は一八七〇年代に前述のクレメント・ムーアのサンタ・クロース像が伝わって混同されたためと思われます。

【クリスマス料理】 各家庭でメニューに多少の違いがあるようですが、基本的には、セージやたまねぎなどを詰めてオーブンで焼いた鶏、七面鳥、家鴨、鵞鳥、雉などの肉料理が中心になります。この肉料理を中央に、周囲に付け合わせのロースト・ポテトやマッシュポテト、にんじんやグリンピースや芽キャベツなどの温野菜を置き、グレービーやクランベリーソースをかけて食べます。

【クリスマス・プディング】 プラム・プディングともいわれ、クリスマスの季節に作られるイギリス人好みの菓子。蒸したフルーツケーキに似ています。干しぶどう、レモンやオレンジの皮の砂糖漬け、りんご、プラム、レモン、小麦粉、パン粉、アーモンド、シナモン、ジンジャー、ナツメグ、ブランデーを混ぜあわせて二週間以上ねかせたあと、これに卵を加えてよく混ぜあわせ、プディング型に入れて蒸しあげます。中にコインやボタンなどを入れて作ることもあります。食べるときには、ラム酒やブランデーをふりかけて点火したり、中に入っているものがだれにあたるかを楽しんだりします。

【ミンスパイ(ミンスミート・パイ)】 まるいタルト型にパイ生地をのせてミンスミートを入れ、その上にパイ生地をかぶせて焼いた菓子。なお、代表的なミンスミートには二種類あり、ひとつは干しぶどう、レモンとオレンジの砂糖漬け、刻んだくるみで、洋酒に一か月漬けこんだもの。もうひとつは細かく刻んだりんご、プルーン、干しぶどうに、砂糖、シナモン、クローブ、ナツメグ、酢を加えて、汁がなくなるまで煮詰めたものです。

クリスマスの一般的な話はこのぐらいにして、ここからは本書収録の作品について少し記しておきます。なお、各作品の著者については、巻末の「著者紹介」をご覧ください。

「スナップドラゴン」――作品の題名になっている「スナップドラゴン」は作品中に描かれているような遊びで、通常クリスマスに行なわれ、フラップドラゴンともいわれます。この遊びに使う大皿やブランデー、干しぶどう、プラムなどを総称して「スナップドラゴン」ということも、炎のなかから摘みあげて食べるものだけを「スナップドラゴン」ということもあるようです。作者によれば、少なくとも十六世紀には広く行なわれていたはずとのこと。現在のイギリスでは、ほとんど行なわれていないそうです。

「クリスマスを我が家で」——作中の地名はすべて実在。主人公ビリーの家のあるグレトナはイングランドとの境に近いスコットランドの比較的大きな町、ハンクが人を殺したというゴーバルズはスコットランドのグラスゴー市郊外にある町です。

「果たされた約束」——ウォータンは、風と死を司るゲルマン神話の最高神で、北欧ではオーディンと呼びます。この作品に描かれているウォータンに率いられる狩猟隊は、資料などで見る『アングロ・サクソン年代記』の記述によく似ています。一一二七年のその記述には、黒い馬や黒い雄鹿にまたがり、目をらんらんとさせた真っ黒い猟犬を連れた狩人の一団が獲物を追って疾走し、夜通しその角笛の音が聞こえたという部分があります。これはかつてオーディンが冬の嵐の夜、狩りに出かけて空を疾駆したという伝説の名残と思われます。また、ウォータンの狩猟隊が連れている犬(頭がなくて、頭があるべきところで火が燃えている犬)は猟犬の亡霊で、イエル・ハウンド(またはウィッシュ・ハウンド)といわれるものです。この作品は、こうした記述や伝説をふまえて書かれたものと思われます。

「ベッキーの人形」——この作品は出版当初、当時あったイギリスの書評誌「ジュニア・ブックシェルフ」により、無駄なことばがひとつとしてない傑作といえる短編、と評されたものです。

「思い出は炎のなかに」――シーダー屋敷をのぞき、アフレックス・パレスなど文中に出てくるマンチェスターの建物は実在です。

カントリー・ミュージックについても、文中の歌手は全員が実在で、カントリーのファンにはおなじみの人たちのはずです。タミーはタミー・ウィネット、ドリーはドリー・パートン、ナンシーはナンシー・グリフィスのことと思われます。主人公が名前をもらったエミルー・ハリスは一九七〇年代に活躍したアメリカの国民的歌手で、この人の「エリート・ホテル」は日本でも現在発売されています。この作品の題名になっている「思い出は炎のなかに」というウェイロン・ジェニングスの歌もインターネット経由でダウンロードして聞くことができます。グランド・オール・オープリー・ハウスはアメリカのテネシー州ナッシュビルにあるカントリー・ミュージックの殿堂で、一九二五年以来毎週、グランド・オール・オープリーという有名な番組を放送しています。

以上の「あとがき」及び巻末の「著者紹介」は訳者一同で分担して資料を集め、それをもとに安藤がまとめたものです。資料としては、インターネットでの検索にくわえ、主として次の文献を参考にさせていただきました。

チャールズ・カイトリー著『イギリス祭事・民俗事典』（大修館書店）、ジェリー・ボウラー著

『図説クリスマス百科事典』(柊風舎)、キャサリン・ブリッグズ編著『妖精事典』(冨山房)、マリ・プリチャード、ハンフリー・カーペンター著『オックスフォード世界児童文学百科』(原書房)、遠藤紀勝・大塚光子著『クリスマス小事典』(現代教養文庫)、遠藤紀勝著『仮面――ヨーロッパの祭と年中行事』(現代教養文庫)、葛野浩昭著『サンタクロースの大旅行』(岩波新書)、風間賢二編『クリスマス・ファンタジー』(ちくま文庫)、『幻想文学』37(幻想文学出版局)、*Twentieth Century Children's Writers*, 4th ed.(St. James Press), *Something about the Author* Vols.128, 152, 164, 180, 216, 255, 258.(Gale Research Inc.)

最後になりましたが、この本の出版にあたりましては、作者のクロスさんとジェラスさん、各訳者の知り合いのイギリス人の方々が私たちの質問に快くお答えくださいました。また中西洋太郎さんをはじめたくさんの方のお世話になりました。ここに厚く御礼申し上げます。

二〇一六年九月

安藤紀子

【著者紹介】

ジリアン・クロス　Gillian Cross　「スナップドラゴン」

一九四五年ロンドンで生まれる。七九年に二作品を発表して創作活動を本格的に開始し、現在までに小学校低学年からヤングアダルトまで幅広い読者を対象に、リアルな現代小説や歴史小説、ファンタジー、幽霊物語、古典の再話など多彩な作品を七〇冊以上出している。九〇年作でイギリスの児童文学賞で最も権威のあるカーネギー賞を受賞した『オオカミのようにやさしく』(岩波書店)、九二年作でウィットブレッド賞（現コスタ賞）などいくつもの賞を受けた『象と二人の大脱走』(評論社)、テレビドラマ化されて人気を博した「悪魔の校長」シリーズのうち三冊（すべて偕成社）など計八冊と、短編数作の邦訳がある。

デイヴィッド・ベルビン　David Belbin　「クリスマスを我が家で」

一九五八年シェフィールドで生まれる。大学卒業後、国語（英語）教師をしていたが、八九年に大人向けの短編を発表して創作を開始し、九〇年からはヤングアダルト向けの作品も書き始めた。現在では、創作活動のかたわら大学で創作などを教えている。作品分野は主として犯罪小説、ホラー、ミステリー。犯罪小説は特に人気があり、広く読まれている。読書嫌いの子どもや小学校中学年向きの作品も少数書いているが、圧倒的に多いのは大人やヤングアダルトを対象にした作品で、なかでもヤングアダルト向けの作品はこれまでに出した八〇冊以上の約半数を占めている。

スーザン・プライス　Susan Price　「果たされた約束」

一九五五年バーミンガム近郊で生まれる。十六歳で最初の作品を発表し、二作目で七五年作の歴史小説*Twopence a Tub*で新児童文学賞を受賞。八〇年代に入ってからは毎年のように小学校低学年からヤングアダルトまで幅広い読者を対象に、様々な分野、主としてファンタジーやSF、ホラーなどの長編や短編を書き、現在までに五五冊以上の作品を発表している。北欧神話や各国の昔話に関心が高く、ロシアの昔話を素材にした八七年作『ゴースト・ドラム　北の魔法の物語』（ベネッセ）でカーネギー賞を受賞。また、九八年作『5００年のトンネル』（東京創元社）では、イギリスでカーネギー賞に次いで権威のあるガーディアン児童文学賞を受賞した。現在までに上記二冊のほか、長編『エルフギフト　上・下』（ポプラ社）や短編集『24の怖い話』（ロクリン社）など六冊が邦訳されている。

ロバート・スウィンデルズ　Robert Swindells　「暗い雲におおわれて」

一九三九年イングランド北部ブラッドフォードで生まれる。十五歳で社会に出て様々な仕事に就いたあと、六九年に大学に入学。卒業論文として書いた児童文学作品が七三年に出版されて以来、現在までに小学校低学年からヤングアダルトまで幅広い読者を対象に七〇冊余りの作品を発表。平和・環境問題に取り組み、現代社会の歪みを鋭く洞察した作品は高く評価されている。殺人鬼に狙われたホームレスの少年を主人公にした九三年作の*Stone Cold*でカーネギー賞を受賞。『弟を地に埋めて』（ベネッセ）、『きえた13号室』（福武書店）、『氷の国のイワン』（岩波書店）など七作が邦訳されている。

ギャリー・キルワース　Garry Kilworth　「狩人の館」

一九四一年ヨークで生まれる。暗号解読に携わっていた空軍を七四年に退役したあと、かねてから興味を抱いていた各地の民話、神話、伝説などを織り込んだ作品を書き始めた。七七年に大人向けのSFを発表したのを機に本格的に創作活動を開始し、ミステリー、ファンタジー、ホラー、歴史小説などに作品分野を広げてきた。八七年からは、子どもやヤングアダルト向けの作品も出しはじめ、その数は現在二十数冊に上っているが、今のところは大人向けの作品（複数のペンネームも使用）のほうが圧倒的に多い。また、短編を書くことに力を注ぎ、これまでに百数十編を出版。その力量は高く評価されている。「メグ・アウル」（パロル舎『メグ・アウル』に収録）を含む短編数作が邦訳されている。

ジョーン・エイキン　Joan Aiken　「ベッキーの人形」

一九二四年イングランド南東部ライで生まれる。幼いころから文学に親しんでいたが、五〇年代末から本格的な創作活動に入り、生涯に約一〇〇冊の本を出した。児童文学作品が圧倒的に多いが、大人向きのミステリー、詩、戯曲もかなり手がけている。八二年作『子どもの本の書きかた』（晶文社）は作家として子どもの本を書きたいと思っている人に助言をしているものだが、児童文学論にもなっている。六八年作『ささやき山の秘密』（冨山房）でガーディアン児童文学賞を、七一年作『暗闇にうかぶ顔』（あかね書房）ではエドガー賞（児童小説部門）を受賞。六八年作の『しずくの首飾り』（岩波書店）など自ら「現代を舞台にしたフェアリー・テイル」と呼ぶ短編集も多い。上記の本のほか、『ウィロビー・チェイスのオオカミ』に始まる「ダイドーの冒険」シリーズのうち九冊（すべて冨山房）、アーミテージ一家のお話三冊（すべて岩波書店）など二十数冊が邦訳されている。二〇〇四年没。

アデル・ジェラス　Adèle Geras　「思い出は炎のなかに」

一九四四年エルサレムで生まれる。父親の仕事の関係でナイジェリア、北ボルネオなどで幼年時代を過ごしたあと、イギリスに移った。大学卒業後マンチェスターでフランス語の教師をしていたが、七六年に創作活動を本格的に開始。これまでに絵本（文のみ）、短編、ヤングアダルト向け小説など九〇冊以上の作品を発表しており、その多くに自身の生い立ちや経験が生かされている。二〇〇三年からは、大人の読者を対象にした小説も手がけている。現在のところ邦訳のあるのは、二〇〇二年作の絵本『わたしからあなたへ』（草炎社）と二〇〇四年作『バレエものがたり』（岩波書店）の二冊である。

※本書は『ミステリアス・クリスマス』（パロル舎・1999年）の改訳新版です。

ミステリアス・クリスマス
7つの怖い夜ばなし

2016年11月7日　初版第1刷発行

ジリアン・クロス　ジョーン・エイキン　スーザン・プライス 他著
安藤紀子 他訳

発行者　関 昌弘
発行所　株式会社ロクリン社
〒152－0004　東京都目黒区鷹番3－4－11－403
TEL 03－6303－4153　FAX 03－6303－4154
http://rokurin.jp
編　集　中西洋太郎
装　幀　原条令子デザイン室
組　版　Katzen House
印刷・製本　株式会社シナノパブリッシングプレス